荒江野渡

司馬中原 著

荒江野渡 目錄

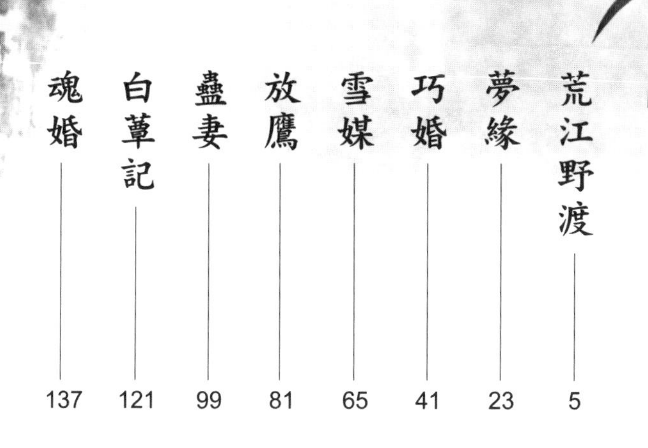

荒江野渡

好容易趨到江岸邊，天已黑了下來。日落前，我獨自催著牲口，趨過那片渺無人跡的荒野，我知道靠江邊本有一個渡口，總會找到渡船。

翻過一片密密扎扎的荊棘林子，我可以遠遠的望得見那條煙波浩渺的大江，像條灰茫茫的腰帶橫在眼前。無數白了頭的蘆花，被夕陽映成金紅顏色，風過處驚起大群水鳥，斜斜的掠過頭頂，飛入西邊的霞影裡，變成小小的、逐漸隱沒的黑點。

在這荒江古渡的蒼茫暮色中，面對著陌生而遼闊的天空，令人憑添無限淒涼之感。但那只是極短暫的一瞬。日頭沉落，四野黯黑，第一顆朗星照亮模糊的路影。

風勢又緊，刮響那邊沙汀上的蘆葦，沙沙瑟瑟，瑟瑟沙沙。偶爾有夜梟撲翅飛過，空留下怪異的鳴聲。我翻下疲乏的牲口，躺在簑草上喘息一陣，然後，站立起來，想從蘆葦的空隙處，尋找那古渡的位置。

想不到深秋的天氣竟會如此多變。驀然間，一道閃電撕破西南天幕，接著起了沉鬱的雷聲，令我想到夜來可能會有狂風暴雨。尋不著渡船事小，萬一碰上暴雨，叫我何處存身呢？

正當進退維谷的當口，猛然發現蘆葦深處的沙汀中，露出一絲忽明忽黯的燈火。

牽了牲口，撥開蘆葦，向燈亮的所在走去。忽然燈光隱沒了，一切重歸黑暗。單聽江面上驚濤拍岸，雷聲隆隆，暴雨可能瞬息臨頭了。

轉過沙汀尖角，一個蒼老的聲音喚住了我：

「誰呀？」

「我。」我猛然的一驚：「一個遠地來，尋找渡口的過客。」我說。

轉過頭，發覺燈光原是亮自身後，沙汀彎曲處，依住一棵傾斜的老柳樹，有一間低矮的草寮，一個黑影，依樹臨江，張網夜捕。

等我走近時，才看出那草寮僅是捕魚人臨時搭蓋的棲身處所，寮裡有一張草舖，一床破絮，一盞菜油燈和一隻盛酒用的葫蘆。

捕魚人收起他的漁網向我說：「你走錯路了，客人。」

我搖搖頭，顯出不信的神氣：「我自小就聽說這裡有個渡口的。」

「不錯，」他拍著我的肩膀：「很多年前，這兒有隻擺渡的船。」又幽幽的嘆息著：「你來晚了，客人。——喏，那隻船這陣子擱淺在沙汀上，早就腐朽了，你沒聽人講過野渡的故事罷？」

「從來沒有，老爹。」我說：「要不然，我就不會趟過幾十里的荒野來到這兒了！」

「好罷。請你在樹根上拴牢牲口，權且歇上一夜，客人。——明兒一早，我另給你指條路。」

剛坐進草寮，暴雨便來了。那是我生平頭一遭遇到過的江上的暴雨，電閃雷鳴，夾著蘆葦的斷折聲，江濤的咆哮聲，狂風的呼嘯聲，牲口的驚鳴像荒塚中野鬼的嚎哭。

燈光下看那捕魚老人的臉，在蒼白的鬢髮鬍鬚中間，顯露出一條條深深的皺摺，那些皺摺在一種平靜的笑意中舒坦著，顯得鬆弛而垂懸。他絲毫沒有為一步之外的暴雨所困擾，彷彿在他多年的經歷中，已經與江濱的雨夜產生一種微妙的默契。從他深沉的眼神裡，我敢確信。

「喝點兒酒罷，這場雨約莫要落到四更天哩！」他說，遞過他手裡的葫蘆。

「這種江上的暴雨真夠驚險！」喝著酒，我說：「要不是碰上老爹，我就慘了！」

「江上多的是驚險的事。」他意味深沉的說，彷彿想起什麼。

而我也彷彿想起什麼：「您曉得野渡的故事罷，老爹？」

他突然發狂的笑起來，那奇異的笑聲比雷鳴閃電還驚人：「喝完這些酒，客人！」他說：「如果你願意聽，我將告訴你野渡的故事……」

我喝著酒。耳中是雷，眼中是閃。我敢發誓，那是我一生永難忘記的夜晚了。

……………

故事這樣開始：

那條渡船，是他祖傳的家業，他生在船上，長在船上。他爹死後，他就成了擺渡人。

這一帶是荒江，很少渡客。因此，他每天只放兩班船——早渡和夜渡。

他不是酒徒，卻嗜飲幾杯老酒，在江上，要不是帶幾分兒醉，簡直就難以忍受。就這樣，他老了，跟他爹一樣的老，一樣的孤伶。

他有一隻渡船，一張魚網，一隻酒葫蘆，還有很多裝在他心裡的，關於這江的故事。這就是他——那隻渡船的主人。

有那麼一個夜晚，這天打乾閃，響沉雷，頗有幾分落雨的意思。除非冒險的放一趟空船，是不會有渡客的了。船夫繫住纜索，收拾起槳，披上他的雨簑衣，準備找另一條漁船聊天渡夜。正當這時候，黯黑的江邊有人招呼渡船。

船夫沒奈何，放船過去。渡客只是一個單身人，牽一匹牲口。

「天色不很好，客人。」船夫說：「看光景要有暴雨。若果沒急事，我勸你明兒趕早渡罷！」

「那不成，」渡客說：「我要趁夜渡江。」

船夫見他說得急切，就解了纜，撥動槳，渡船從蘆花盪裡的沙汀中間，搖向對岸去。

起渡的當口，月色分外的好，風打高處吹過，江面上倒蠻平靜。

船夫坐在船頭，專心一意的撥槳。岸客蹲踞在船後梢，手裡攥緊他的藍布小包袱，牲口拴在船中間，不停的搖著耳朵，好像不慣水上的波動。

靜默了好半晌，渡客說話了。

「好一條荒涼的江！」渡客好像讚嘆的獨語。

船夫懶得聽，他耳朵有點聾。

「你喝點兒酒罷！」船夫搖著他的葫蘆：「我說頂風的雨，順風的船——你瞧西南角的黑雲，叫東北風一頂，連根都翻起來了。嗨，西南雨，不上來，上來就是落得滿溝崖哩！」

渡客接過酒，他看見月光朗朗的，照得滿江森森冷冷，波心裡盡是叫槳花撥碎了的蘆花的影子和片片銀光。渡客把酒舉到嘴邊，卻沒有去喝，抬頭問船夫說：「噯，船家，你在這江上擺渡有多少年了？」

「我算算看。我今年五十整。有一年算一年，客人。」船夫說。

「五……十……年！」渡客沉吟了半晌說：「那麼，對這條江，你一定曉得很多罷？」

「很多，很多。」船夫說：「但我不曉得你指什麼？風嗎？雨嗎？還是……」

「不，不。」渡客打斷他的話：「我是說，像這樣荒涼的江，總會有些新奇的故事罷？」

「噢，你願意聽些新奇的故事嗎?客人。」船夫還是搖著槳：「對了，我記得很多夜渡的客人都要我為他們講些故事，本來嘛，夜渡真夠悶人的哩。不過，客人——」

渡客挺挺腰，打一個呵欠，從腰眼的兜囊裡，掏出兩枚銅子兒，扔到船頭去。

「留著買酒吃。」渡客說：「我不愛聽編出來的故事。你得講個真的。比方一個艄公，駕一條黑船，像水滸傳裡的浪裡白條，謀才害命……等類兒的，有嗎？」

船夫停了槳，撿起兩枚叫月光照得晶亮的銅子。只要用一枚銅子，就可足足換得一葫蘆上好的高粱。為了這個，他必得要搜遍枯腸去找一個故事。

「講吧。」客人說。

「噢，我敢賭咒，那是我親眼看見的事情。」船夫認真的說：「那時候，我還小，我爹獨撐這條船。你聽清了，客人，就是你今夜坐的這條船。也是這樣的天色，也是這樣的時刻，來了像你這麼樣一個單身的客人。」

「哦，那真巧。」渡客說。

船夫咽了口唾涎：「好戲在後頭哩！——那客人也牽了一匹趕路的牲口，上了船，也向你這麼樣，把牲口拴在船艙中間，獨個兒蹲在頭梢頭，一手攥緊藍布小包袱。」

渡客猛然像受了一震，卻笑著說：「講得好，你說，你說。」

「別打岔。——那客人，也掏出兩枚銅子兒來，要我爹講個古記兒聽。」船夫停了槳，讓船趁著水勢，往對岸慢慢的漂，一面轉過臉來，斜瞅著渡客。渡客睜大眼，緊蹙著眉心，一手把酒葫蘆垂在半空，全像聽得呆了。

「好呀，爹就講下去，講水滸傳裡艄公要謀害宋江的故事。講到那艄公颼的一聲，在艙板下抽出一把板刀時——」船夫也煞有介事的揮動胳膊，在半空比劃了一下。

「結果呀，客人——我爹真的抽出一把板刀來啦！我爹就是那種人，要不然，憑什麼在這段荒江面上混呀！

我爹說，艄公指著宋江罵道：

『你這廝也算瞎了鳥眼，認不得爹爹我是何等人，快拿出你的金銀財寶來，爹爹就饒了你！』

——說著說著，就伸手去奪那客人的藍色包袱呀！

「那客人一面誇我爹故事說得逼真，一面伸手和我爹拉扯。——我爹鬆了手，指著客人說：

『宋江嚇得面如土色，跪向艄公哀求饒命，你知艄公怎麼說？艄公給宋江兩條路，一條叫著下餛飩，一條叫著板刀麵……』」

「什麼叫做下餛飩跟板刀麵呢？」船艄上的渡客問。

船夫叫打了岔，顯出不耐煩的樣子：

「嗨呀，你聽我說——我爹說那艄公說：『呔，諒你也不明白，那下餛飩麼，一個四馬攢蹄將你捆緊，活生生的扔下江去，還能留得一個全屍！若要吃板刀麵那更不消說的，一刀一個乾淨俐落！』故事說到這裡，我爹惡狠狠的舉起了刀——那客人作夢也不會想到我爹不是跟他講故事的呀，客人。——等我鑽出艙底，那客人沒了，船頭只留下一灘鮮血，一個藍布包袱和一匹好牲口。」

「你爹呢？」渡客問道。

「我爹？」船夫嘿嘿的笑起來：「骨頭統上黃銹了——要不然，我就不會跟你講這些故事了。」

這當口，叫烏雲包圍著的月亮更顯得森冷，江心裡泛出一股刻骨的寒氣，風漸漸的往低刮，船身不停的搖盪著，渡客喝了很多酒，有些醉意，嘴裡不停的誇說：「一個好故事！一個好故事！」

船夫笑著：「我已經跟你賭過咒，這不是故事呀！——你看，這段江兩岸全是蘆花盪子，百十里地沒有人煙，若果今晚上，你遇上我，一個浪裡白條一樣的人物，若果我跟你講故事時真的抽出一把板刀來，你會相信它不再是故事了。」

「就因為你沒有抽板刀呀！」渡客說：「說老實些兒，我這包袱裡倒真有不少錢！——你要像你爹那般樣兒，一刀下去，包袱跟牲口就是你的了！」

「那裡！那裡！」船夫又拾起漿來：「你當個故事兒聽罷！」

「前頭好像見到江岸了哩！」渡客說。

「噢！江岸？早著呢！」船夫望望漸漸壓向天頂的烏雲：「要起大風雨了，客人！」

渡客愣愣的坐著，望著江面上黑雲的黯影，沒有講話。

又靜默了半晌，渡客突然問船夫說：「若果你剛剛講的是真事，我真替你擔心。」

船夫只顧撥著漿，他的耳朵不甚好。

渡客又說：「嗳——你聽見了嗎？船夫！若果你碰到一個人，那被害人正是他爹，你說他聽了會怎樣？」

船夫這才聽清了，笑著說：「天下哪有這麼巧的事。」

話未說完，渡客猛可地跳將起來，一隻有力的胳膀死命的勒住船夫的膀子，另一隻手上高揚著一把明晃晃的匕首。

「若果我就是被害人的兒子，你說我會怎樣對付你？——我爹一生闖蕩江湖，誰知卻在陰溝裡翻了船，我打出世起，就立志探訪我爹消息，有冤報冤，有仇報仇，俗語說：『踏破鐵鞋無覓處。』偏巧今晚冤家路窄，咱們算是遇上了！」

「你……你……你要怎樣？客人。」船夫掙扎著。

「我要殺你！」渡客說。

「你聽我說——老爺。」船夫哀求說：「那只怪兩枚銅子害了我，我得說個故事騙酒錢呀！」

「我，要，殺，你！」渡客仍然冷冷的說。

那隻鐵條樣的手臂緊緊地扼著船夫的脖子，使得他仰臉朝天，嘴吐白沫，而匕首的光亮使他不敢睜開眼睛。

忽然間，烏黑的天頂裂開一條慘白的閃電，緊跟著一聲震耳欲聾的暴雷，豆大的雨點便潑簌簌的急瀉下來。整個江面都搖晃起來，一忽兒浪潮把渡船抬到半空去，一忽兒又將它陷進黑窟。

渡客仍然舉著刀，對船夫說：「我給你最後一點時間，讓你說話，說呀，你——」

船夫聲音有些顫硬：「嗨，客人，你看，這天，這雷雨，這江，這船。——你可以戳我一刀，但你要曉得，只要我鬆開手裡的木槳，客人，你將難逃我的命運哩！——在這種天氣，沒有我撐著這條船。憑你，客人，你是無法上岸的。」

一個大浪使船身整個埋在水花裡，渡客緩緩的鬆脫了手：「分開來划罷，船家！——別誇你的本事，要曉得我一樣可以弄服一條船，在這種天氣。」

倆人暫時都忘掉一切的划著船，雨點打濕了他們全身。雷暴裂著，在每一道慘白的閃光掠過時，他們都可以看到恐怖的、憤怒的江的景象。

倆人都睜大眼，披散著髮，奔命的向前划，一直划進蘆葦叢生的沙汀。

渡客喘息著：「嗳，船家，我相信我的故事比你說得更精彩。可是，這倒霉的天氣沒能讓我說完！」

船夫吐出一口血，打艙板底下抽出一把防身用的板刀說：「我怕你受驚嚇的關係，所以，剛剛我才寧願空著手哩！」

倆人又陷入可怕的靜默裡，划船到岸邊；剛才的一切都過去了，誰也不再提它。

雨還在暴裂的雷聲裏落著，渡客牽了牲口，正當要走的時候，忽然，船夫一晃手裏的刀，攔著船頭說：「若果我真的不是對你說故事，客人！我看你怎樣離開這條船？」

渡客一步一步向後退，一個聲音充滿他的腦子，那不是故事！那不是故事！——他的匕首在風雨中失落了，他手裡仍緊緊地握著藍布小包袱，一道閃光使他看見船夫那張無表情的臉，露兇光的眼和緊蹙的眉，逐漸朝他逼來。

「你……你……」渡客吶吶的吐出幾個字。

船夫突然舉起刀，把它扔進江裏去，然後像瘋漢一樣無緣無故的狂笑起來。

渡客丟下雙倍的船錢，走了！慘白的閃電照亮了身後的大江……

故事講到這裏，雨也就停了。也許江上的暴雨之夜使我產生恐懼和幻覺，也許過量的烈酒使我沉醉和暈眩，我感到我彷佛變成故事裏的主人——渡客，而把老漁人親切的笑臉看成船夫慘白的臉了。

不管怎樣，那故事對於我，有一種極大的、神奇的魔力，使我終夜未曾闔眼。

「你為什麼會想起來為我說這個故事呢?老爹。」我說。

「沒有什麼——我偶爾想到：一個單身客人和一匹牲口罷了。你不會再遇到那種事的，我不是告訴你那隻渡船早就腐朽了?」他笑著說。

「我想到沙汀上去看看那條船，老爹。」

「嗨，不必那末認真。」老漁人的笑臉收斂了：「世上多的是真真假假的事情，你權且當作故事聽罷!」

——民國四十八年著作

夢緣

呂鳳梧是飽讀詩書的三湘才子，文采風流，家境優裕，族裡的長輩都盼望他爭取功名，進入官場，但他本身卻無意仕途，在省城裡，結交了江南的沈贊訓、南昌的熊博文、北京倉人龍這些文人雅士，經常歡會一堂，詩酒流連。

呂家宅院十分宏敞，亭臺樓閣俱全，呂鳳梧的書齋，藏書超過萬卷，他所蒐購的古玩文物多屬珍品，這樣一位知名的文士，竟然年近卅還沒成婚，連街坊鄰里都為之納罕。

「鳳梧兄的心意，俗人是很難解得的，」熊博文說：「你常放舟湘江，渴慕傳說裡的湘妃，你用帶紫色斑紋的湘妃竹製簫，又做成斑竹涼榻，敢情是企求古代的美人入夢罷？」

「博文兄真是解人，」呂鳳梧笑說：「其實，情是橫亙千古的，和古代美人一通情愫，有何不可？」

「想不到，真是想不到啊，」沈贊訓說：「世人盛稱湘女多情，想不到你這湘男更是天生的情種，以你的家境，應該腰懷多金，遍覽天下名勝，更藉此機會，結識個有緣的佳麗，有了如花美眷，就不必遙憐湘妃泣血了。」

「贊訓兄不說，我也早有這個打算了，」呂鳳梧說：「要是有一天，我出門遊歷，頭一站，就該是沈兄的家鄉江南啦。」

「遊罷江南，再到北京去。」倉人龍說：「鳳梧兄也可以把江南佳麗和北國胭脂比較一番。」

「你回程繞道江西，兄弟定當一盡地主之誼。」熊博文說：「這麼一來，你花一筆旅費，遊山，玩水，求偶，會友全辦到了，可算是一舉四得啦！」

「嘿嘿，旁的全容易辦得，惟有佳偶難求呢。」

呂鳳梧這麼一說，大家都撫掌大笑起來了。

原本是文士雅集時的一番戲語，卻在呂鳳梧的心裡激起了陣陣漣漪，這並不算是在天地間放浪形骸，而是適性為之，就算結不得姻緣，也可以放眼天下，增廣見聞啊！煙花三月，買棹東遊，可正是時候呢！

他帶著隨身的書僮和簡便的行篋，僱船經武漢順江而下，暮春時節就到達了姑蘇。

那天黃昏，他舟泊楓橋，想學學張繼，來一個夜半聽鐘。

當時晚霞燒得正艷，滿河都是雲色染成的溫柔，好一片南國水鄉的風景，他出神凝望之際，有一艘北上的客船，運櫓如飛的打他眼前經過，一個身著淡紫衫子的女子，手臂擱在棚窗上，也正托著腮，癡迷的醉於這片美艷的黃昏景色。

這女子的臉龐和眉眼，彷彿在哪兒見過，可說是世間少有的絕色，他還來不及思索，客船業已遠去，空留下一片夕暉躍動的水花。

有了這瞬間的一瞥，呂鳳梧有些神魂飛越，竟然不再介意寒山寺的鐘聲了，那紫衫少女的影子，思之仍盈盈在目，無怪乎李白醉於吳姬把酒，杜牧腸斷於明月簫音了。

沉思中，天光轉暗，暮靄迷離，他情不自禁的取出那管由湘妃竹製成的洞簫，緩緩的吹奏起來，讓飽蘊著情思的曲子，如朵朵落英，在波面上飄流。

當天夜晚，他在艙中就枕，做了一場夢，夢見夕陽光灑在河上，那艘北上的客船駛過來，憑窗賞景的紫衫女子，素手纖纖的拈著一朵花，朝他嫣然一笑。

半空裡，有一個也是女子的聲音告訴他說：

「呂家相公，那船上的人，日後就是你的妻子，你要珍惜這個緣分，去找她罷！」

他從綺麗的夢境中悠悠醒轉，寒山寺上的鐘聲正在響起，但他聽鐘的心境，和詩人張繼全然不同，這不是「月落烏啼霜滿天」的季節，而是落花飛絮的暮春，若說細雨如愁，也只是一份輕黯的情愁。

他多年沒娶，有了這樣的綺夢，心底不能無動，但天下如此之大，他和那絕色少女，只是一瞥匆匆，到哪兒能尋得她的蹤跡呢？

算了，算了，人說春夢無憑，實在有它的因由，試想要在茫茫人海裡，找尋一個名不知姓不曉的人，那比大海撈針還難，昔時雖有夢緣之說，但太虛無縹緲，若想好夢成真，不知要踏破多少雙鐵鞋呢？

想到這兒，呂鳳梧搖搖頭，不禁啞然失笑起來。世上事，也不必太認真，太執迷，就算是一場夢裡的情緣，雖沒得著什麼，也並沒失去什麼，那就一切隨緣罷，趁著這曉霧朦朧的清晨，還是去參山禮佛去罷！白天他會自我寬慰，開放心懷，或是漫步七里山塘，或是放舟湖上，把盞邀月，但等他一上床就枕，那個無憑的春夢，就像初展雙翅的彩蝶，搧乎搧乎的抖著翼，落在他的腦門上。絕色少女青春的姿影，業已進入他循環的血液，繞體奔流，想忘也忘不掉啦！

怨不得經歷過愛情熬煉的人，把情之一字形容成「情絲」或是「情網」，真是貼切之極，可笑自己空讀萬卷詩書，平素也頗以豪氣干雲自許，禁不得姑蘇河上的匆匆一瞥，竟也成為一尾落在網裡的游魚，掙扎也是徒然的了。

呂鳳梧認真想過，既有這樣的夢緣，自己就學一學古代的夸父追日，來它一個呂生逐夢好了，逐得著，當然是如花美眷，似水流年，逐不著，就當是一場青春的遊戲，倒也是神秘浪漫的樂事呢！

載著紫衣少女的那艘船是朝北行駛的，那麼，他就該轉棹北上，過長江，渡黃河，沿著大運河到天津，再轉道去北京，海角天涯追逐她一場，倒要看看這個可人兒芳蹤何寄，要追，就索性追它一個明白，驗一

驗夢裡情緣的真假。

「即日離蘇，轉舵北上。」他交代船家說：「我要到北京去。」

這一路的水程，無論是靠泊的碼頭，或是兩岸的風光，都有它的可觀之處，但呂鳳梧的兩眼，始終留意著南來北往的帆檣，他暗暗祝禱，希望紫衫少女的倩影再次出現，但正如詩裡形容的：過盡千帆皆不是。他的等待算是落空了。

等著抵達燕都，業已是流水落花春去也，使他不禁嘆喟自己的荒誕癡頑。還好，他的相知好友倉人龍已經回家，熱誠的接待他，為他設宴洗塵，呂鳳梧感慨繫之，把他在姑蘇所遇以及不斷侵擾他心神的夢境和盤托出，又說起一路追覓的荒唐，倉人龍卻安慰他說：

「世間無難事，只怕有心人，我想，鳳梧兄單憑這一點精誠，就足以感動天地，你只要再加幾分耐心，總會有意想不到的結果的。」

「說旁的，我不一定有，」呂鳳梧說：「若論鍥而不捨的耐心，我可算超人一等，除開我，誰會那麼死心眼，為一場春夢，跋涉萬里呢？」

呂鳳梧在北京遊覽好些天，興致幾乎是集中在琉璃廠街那些古物店鋪當中，北京是八方匯聚之所，珍物古玩陳列得琳瑯滿目，無論是銅器，瓷器，漆器，文物或飾物，頗多見所未見的奇珍，這些古玩字畫，不必一定要買，多看一看，也算大開眼界，增添了品鑑的能力。他既找不到那紫衫少女，逛逛琉璃廠街，也可以沖淡一些對她的思懷罷。

一個微雨的下午，他因避雨，正好走到一間狹門面的舊貨鋪前，這個鋪子裡，架上都列放著古舊的線裝書，有些已殘破不全，看光景，多半是打收破爛的手中挑揀出來的；牆壁上，掛著一些煙黃龜裂的字畫，格調並不高，但其中有一幅較新的仕女圖，卻深深吸引了他。

這幅畫並不是古物，而是時人所繪，畫中的女子，髮式、眉眼和臉龐，竟然酷似自己在姑蘇河上見到的紫衫少女，或說根本是同一個人，畫上並有題詩，以草書寫著：

「新妝宜面出簾來，共數庭花幾朵開，

我比敬君差解事，不曾親去畫齊臺。」

詩的下端，原有落款和印章，但已為風雨剝蝕，難以辨認了。

呂鳳梧曾讀過《古本說苑》，其中講到一則故事，大意是說，齊王很重視庭園之樂，鳩工修築九成之臺，經過精心佈置，極盡庭園之美，他欣賞不已，便公開召募國內能畫的畫工，為齊臺作畫，凡獲選的畫工，都賜給豐厚的賞金。

齊國有位畫師名叫敬君，家中有年輕美妙的妻子，但他除繪畫外，別無謀生的技能，聽到這消息，就去應募，心想得到賞金，使愛妻得能溫飽。

他被齊王選中，為齊臺作畫，這一畫就是幾年，無法回家和愛妻團聚，他思念情切，便根據記憶，畫了一幅愛妻的小像，在圖中對他微笑，聊慰相思之苦。……

按這段故事，和畫上題詩的字義推測，應該是做丈夫的為妻子所畫的像，把夫妻間親密的生活情態都勾勒了出來。

他心裡有著難解的謎團：假如說，他在姑蘇所遇的舟中人，就是這畫像上的女子，年齡上首先顯得不對，因為這幅畫雖不太舊，卻也不算新畫，從紙色筆墨推斷，至少也該是三、五年前所繪，那時候，舟中的紫衫少女應該還是丫角稚齡，沒有出閣為人妻的道理。

如果說，畫中人和舟中人是兩個人，為何一個在南，一個在北，她們之間又有著什麼樣的關係呢？

這些先不去管它，且把這幅畫買回去再說罷！

他向舊貨鋪的老闆問價，只有幾角子小錢，他就把那幅畫買了下來，送到裱糊店去重新裝裱。

夜晚在燈前檢視，彷彿從一場夢境走進另一場更迷離的夢境，這一來，他尋夢的心更為急切了。

書中人和舟中人怎麼看怎麼像，她們究竟是什麼關係呢？是姐妹？是姑姪？是母女？真箇撲朔迷離，難以揣測。

姑蘇和北京，相距數千里地，使他無法用想像把她們串聯起來，每天夜晚，更深漏殘，他都輾轉難眠。

他的這番心事，也都和倉人龍提起過。

「真有意思，」倉人龍說：「看光景，鳳梧兄的這段夢緣，很有可能美夢成真。咱們不妨按理推斷，姑蘇和北京相距雖遠，但大運河貫串南北，有舟楫可通，文人雅士，官宦之家，甚至富商巨賈，攜家帶眷往來兩地的人家並不在少數，你說是不是？」

「是啊，」呂鳳梧說：「人龍兄的推論，倒是很實在的。」

「這幅畫既不是名家手筆，依我猜想，它就是在北京當地畫成的，如果作畫的人是一位文士，又是替自己的愛妻畫像，有了這樣紀念性的題詞，你想，他會不會拿去賣掉呢？」倉人龍沉穩的推敲著說。

「我想是不會賣的。」呂鳳梧說：「我可以斷定，這不是一般的賣品。」

「所以嘍，」倉人龍說：「你能夠在舊貨鋪買到它，極有可能是畫主家裡遭到竊盜，偷兒取了值金值銀的物件，把不值價的衣裳文物賤價脫手，輾轉落到舊貨鋪去，它好歹會值上幾文呀！」

「不錯！」呂鳳梧顯得興奮起來：「你的推論越來越精確啦！」

「北京是這麼廣大，流寓的人極多，一時很難找出眉目來。」倉人龍說：「不過，我能根據想像描出一些影跡來，我能說的是：畫主人是文墨人，畫中人是他的妻子，他們的婚姻美滿，相親相愛，而且他們極可能已經離京他去了。」

「你根據什麼說他們離京他去呢？」

「換是你，家裡失竊，你會不會常到琉璃廠街舊貨店走走，看看有什麼失物會出現？尤其是自己親筆題款的字畫，一眼就認得出來，它掛在那種地方，沒有人認，卻讓你買到手，這不是說明原畫主早已離京了嗎？」

「啊！高明之至。」呂鳳梧拱揖說：「人龍兄心細如髮，觀照入微，原本是一宗沒頭沒腦的事，經你逐步推論，業已初具眉目啦，小弟由衷的佩服呢！」

「你整裝南旋，不是和南昌的熊博文兄有約麼？」倉人龍說：「這兩天接到沈贊訓兄的信，他已到了漢陽，飽覽黃鶴樓的風光，你何不約同博文兄，順道一履漢陽，和沈贊訓兄聚上一聚，談談你這番奇遇，再請教他們兩位的高見呢？」

「哈，這倒是個極好的主意。」呂鳳梧點頭說。

「贊訓是姑蘇出生的人，後來到這兒做過文案工作，在北京住過好幾年。」倉人龍說：「你見到他，不妨把這幅畫展給他看看，讓他幫你參詳參詳，他也許更會助你打開謎團的。」

呂鳳梧整裝南旋，果真到南昌會見了熊博文，熊博文也跟他提起，沈贊訓在漢陽發信，約他同登黃鶴樓。

「鳳梧，你來得可正是時候，」熊博文說：「若不是為了等你，早兩天我就動身去漢陽了。」

「咱們這些舞文弄墨的人，真是臭味同投。」呂鳳梧笑說：「我跑到江南遊虎丘，他卻跑去漢江弔黃鶴，結果是虎丘沒見虎，黃鶴樓又哪能覓得鶴蹤呢？」

「也許你和贊訓兩個，心境不同，」熊博文說：「你是優裕人家的公子哥兒，他是貧素的姑蘇寒儒，常常自嘆學書學畫兩無成，後來攜眷到北京去，幫著人家做文案，如今更成了浪蕩的飄蓬，你可知他為何要上黃鶴樓麼？」

「難道不是仰慕崔顥？」呂鳳梧說。

「你下江南的時刻，贊訓兄接到漢陽的急信，沈大嫂在漢陽染了重病，他得訊趕過去，照護了沒幾天，她就病逝了。贊訓兄深受打擊，常在日暮登樓，遙望江上煙波，憑弔飛去的黃鶴，那種千載白雲的沉愴，豈是你我想得到的？」

「啊，原來有這麼多的滄桑曲折在裡面，」呂鳳梧說：「咱們趕緊買舟去和他會面，多個朋友，多份安慰。」

他們買舟溯江而上，到得漢陽，和沈贊訓見了面，沈贊訓懷鼓盆之痛，形容憔悴，面色慘淡，但見到呂鳳梧和熊博文一道來訪，也覺得寬懷，他不願多提喪妻的情節，反而強打精神，問起呂鳳梧這次出遊，可曾有過奇遇？

「有啊！」呂鳳梧就把在姑蘇遇見紫衫少女，夜來連連有夢的事，源源本本的講說了。

當他說到一路買舟北上，追覓芳蹤，在北京琉璃廠街的舊貨鋪裡，買到一幅著紫衫的仕女圖時，沈贊訓的臉色不斷產生強烈的變化。

「鳳梧兄，你買的畫可曾帶來？」他說。

「當然帶來了。」呂鳳梧召喚書僮，把那幅畫取過來，緩緩的展開，一面還讚說：「這個做丈夫的畫主人，很有文采，你們瞧，這首詩寫得多麼情深意切啊！」

「鳳梧，你知道這幅畫的主人是誰麼？」沈贊訓說：「這正是在下為內子曉涵所畫的，後來寓中失竊，這幅畫也被偷走了，我當時也到處找過，全無蹤跡，原以為今生今世再也覓不著它了，誰知天下事竟然那麼奇巧，幾年後，居然落到你手上，又重展在我的眼前。」

「嫂夫人竟是這般有靈？能借我的手，千里迢迢的把這幅畫帶來，讓它物歸原主。我的奇夢，卻使你覓得了飛去的黃鶴，而我的虎丘算是空爬啦！」呂鳳梧兀自的感喟說。

「也不盡然，」沈贊訓說：「你在姑蘇河上所見的紫衫少女，正是亡妻曉涵的幼妹，叫做曉芙，你見過她的那天傍晚，她是搭船來漢陽，探視她姐姐的病，你是追她追岔了路，沿著大運河北上，她卻是沿江上溯，到了漢陽。怪的是她做著同樣的夢，夢見她姐姐叮嚀她，姑蘇河上她所見到的文士，日後就是她的丈夫呢！」

「哈，這真是奇極妙極的事，嫂夫人歿後，一靈未泯，還著意做個月老，替她妹子找到如意郎君呢！」熊博文說：「這個沒娶，那個沒嫁，你這做姐夫的，只要略加撮合，事情就定啦！」

「婚姻畢竟是曉芙自己的事，總得讓她先點個頭。」沈贊訓說：「不過，我的岳父母和曉芙，如今都還在漢陽，他們正準備揚帆東下呢！」

「鳳梧兄來得及時，」熊博文說：「省得孤帆遠影，再去一趟姑蘇了。」

「可不是，」沈贊訓說：「我那姨妹，雖然容貌出眾，但使起性子來，卻也很難侍候，鳳梧爬了虎丘，說不定娶回一隻母老虎呢！」

「不要緊，既有這等的奇緣，她就是河東獅，我也要定了啦！」

長江在檻外的暮色中奔湧著，呂鳳梧心想：自己的故事，在大千世界上，不過是浪花一朵罷了，即使是凡夫俗子，也該懂得珍惜情緣的。

巧婚

山東歷城鄉下，到處見得著大片的棗樹林子，當地所產的大棗，核小肉多，清脆香甜，不遜於陝棗，每年新棗收成後，當地便有一些棗販子，選購上等的貨品，一路推到河北樂陵一帶去出售，可以賣得很好的價錢。

不過，熱天出遠門，推著沉重的棗車趕長路，著實夠辛苦的，除開身子結棍，還得要有耐力，布編的車襻帶，深深陷進肩肉裡去，為防額頭滾下的汗珠醃痛眼睛，眉毛上面，還要像戴緊箍咒似的戴上汗勒子；遇上晴天，太陽烤著脊背，逗上雨天，少不得變成落湯雞。

但對以販棗為業的耿二牛來說，這都算不得什麼，販大棗，原就賺的是辛苦錢嘛，販棗販了四、五年，也薄置了一份田產，娶了棗園管事郜大叔的閨女銀姐為妻，替他生了個兒子，耿二牛在外奔波勞碌，一回家見到妻兒，兩眼就笑得瞇成細縫，什麼樣的辛苦都扔到九霄雲外去了。

那年大棗旺產季，耿二牛和村裡的漢子們，圍坐在村口大石輾旁邊的樹蔭下，吸著旱煙，喝著涼茶，閒閒的聊天聒話，大夥兒都誇耿二牛忠厚老成，能吃苦耐勞，單憑兩個肩膀兩條腿，就掙到足以溫飽的家當。

「人家二牛品行端正，每年在外頭走動，從來嫖賭不沾，省吃儉用，當然會積下錢來。」李大叔說：「說來你們幾個小年輕的，都得好生學一學呢！」

「二牛哥對二牛嫂那份情意，更值得學呢！」小宋說：「每回打樂陵回來，他都不忘記帶胭脂花粉和花洋布，銀姐嫁給他，是前輩子修來的福。」

耿二牛雖然長得粗壯，臉皮卻很薄，人家一講到他老婆，他的臉就紅了，偏偏這些莊稼漢子愛逗趣，話匣子一打開就沒完沒了，二牛生的兒子，乳名叫棗兒，小武就說：這是棗簍裡掏弄出來的，日後改行販梨，就生個梨兒。

小宋就說：「了不得，有一天，桃兒、杏兒、李兒，能弄出一筐籮，二牛嫂的肚皮，豈不成了水果攤了？」

這麼一調侃，大夥都笑得從鼻孔噴茶啦！

正笑著，忽然聽見小堂鑼叮叮噹噹響，一個算命的小瞎子，用手杖點著地面走了過來。

這一帶的人，都認得這個姓丁的小瞎子，甭看他才十八、九歲年紀，硬是拜師苦學五年才出道，替人算命奇準無比，人都管他叫丁小先生。小瞎子走到樹蔭下，大夥兒都央他坐下歇歇腳，奉杯涼茶給他壓渴。

「你們沒誰要算命嗎？」小宋說：「難得小丁先生路過，咱們總得照顧他的生意啊！」

「要算命，你先算不就得了。」小武說。

「我這窮命有啥好算的，還值不得算命錢呢！」小宋說：「倒是二牛哥要販棗出遠門，算算流年，看今年能有多少積賺的，好不？」

大夥兒也都慫恿耿二牛報個生辰八字，讓小丁先生給算上一算。情面難卻，耿二牛也就報出生辰八字來了。

小丁先生眨動著看不見的眼，嘴裡唸唸有詞，手指飛快的掐動著，來回算了兩次，不斷的搖頭說：

「怪，怪！真的怪啊！」

「你說說看，究竟怎麼個怪法呢？」李大叔說。

「這是個鴛鴦雙戲水的命格，本年命犯桃花，紅鸞星大動，嗨呀，一出遠門，必有奇遇，日後有兩房妻子，盡享齊人之樂，該說恭喜恭喜才是呀！」

「你真是瞎人說瞎話，」耿二牛說：「我信不過的，我有妻有子，從沒動過娶二房的念頭，怎會有這等事呢?!算命是正經事兒，開不得玩笑的。」

「嘿，」小宋樂呵呵的說：「人家李大叔不是沒口誇讚你二牛哥人品端正嗎?不知哪個河北大妞兒對你有意，硬是軟貼上來也說不一定。」

「我是鐵口直斷，」小瞎子認真的說：「信與不信，你出門後便知，若是不靈驗，你儘管砸我招牌。」

手車的車軸咿咿呀呀的，沿著黃湯湯的沙路朝北走；推著幾大簍新採的大棗，耿二牛額頭滿沁著汗粒兒。

兩天頭裡，真不該讓那小瞎子算命的，憑空編派出一肩挑兩房的笑柄來，小瞎子敢情是熱暈了腦袋啦，自己有幾斤幾兩的命格，沒誰比自己更清楚，從頭數到腳，也找不出一點風流味來，人在外頭宿客店，睡的是臭蟲成群的硬板床，想的是家裡的那口兒，從沒跟別的娘們搭訕過，說啥命犯桃花？全都是屁話。

太陽高掛在頭頂上，風也定住了，官道兩邊是成排煙迷迷的柳林，一片沙啞的蟬聲，天是這麼的熱法，手車一路朝前推，也遇不著幾個行人，沙路像個大火坑，烤得人虛晃晃的朝外潑汗，這種掙命的風流，小瞎子他一輩子也嘗受不到的，無怪他會信口開河啦！

曉行夜宿的走了好幾天，進入河北省界，還沒到樂陵城裡，耿二牛販來的大棗，就已經被人批得差不多了。

這是自家腿勤腳快，拔了個頭籌，批價要比本錢高出一倍多，對本利還帶轉彎兒，這到樂陵，銷掉最後半簍貨，得找一家敞快的客棧，用井水沖涼，睡它一場好覺，然後換穿一身乾淨的小褂褲，去市街上挑選些給老婆孩子的東西，回家歇歇腿，再合計著販它第二趟，把積下的錢，去買一頭得力的牛，好準備秋耕。

嘿嘿，要是再遇上那名不副實的小瞎子，不撕爛他的嘴才怪呢！早就聽老人們敦唱過那種謠歌了：「東邊落雨西邊晴，算命打卦的沒正經。」人的命憑什麼預先算定呢?!花幾個銅板買場甜言蜜語的快意，惰性！

到了樂陵賣完最後半簍大棗，耿二牛果真找間寬敞的客棧，用井水沖涼，睡了場好覺。

他把賺的錢包紮妥當，裝進雙馬子裡，勻出些零頭來，到市街上買東西，扯了七尺花洋布，一串珠花，一包脂粉，這是送給銀姐的，又棗兒買了一柄花刀，一支紅漆的小搖鼓，自家倒無需添什麼，買包上等菸絲在路上吸，業已夠奢侈的了。

只歇了一天，就打樂陵回頭，推空車就像玩的一樣輕快，還沒到太陽啣山，已經放下五、六十里地了。

走到一處三叉路口小土地廟那兒，耿二牛這才想到，自己敢情是樂過了頭，該在背後的五里鋪用飯落宿的，這該歇息一會兒，趁著晚涼，多趕一個站頭啦！

他把手車放在行樹林邊，取出竹筒喝了幾口涼水，打火吸上一袋煙，日頭大甩西了，晚風軟軟的兜著人臉，蟬聲停歇，耳根清爽許多。岔路西邊不遠，有一座綠樹圍繞的村落，屋頂上飄騰出幾縷炊煙，這景致，他多次經過這兒都沒曾留意過，人一累，就無情無趣的抬不起眼皮啦！

日子真該好生算計算計，等積賺多了，再買筆田地種大棗，守著銀姐和棗兒，不必窮奔波啦。灶火紅紅的，炊煙裊裊的，熱茶熱飯一盞燈，一家人圍在桌面上，還有什麼心思可想呢？

一袋煙沒吸完，隨著思緒飄遠，他一直在打楞，忽然打斜刺裡來了個人，揹著斗篷，穿一身灰藍小褂褲，走到他面前，兩眼瞪瞪的盯住他。

耿二牛看他一臉駭怪的神色，覺得有些突兀。這個年輕的莊稼人，最多不過十七、八歲，自己根本不認得他，幹嘛見了自己像遇到鬼似的？

他心裡犯疑惑，話還沒說出口呢，那年輕漢子忽然上來，輕輕拍打著他的臉頰說：

「我老姐不過說兩句玩笑話，你就這麼會使性子，一去幾年不回家啦？這好，倦鳥總算回老窩來了！」

耿二牛吃他輕輕兩巴掌打糊塗了，看他來意不惡，又十分認真，敢情是認錯了人，硬把自己看成他外出多年的姐夫了，這可真是宗尷尬事兒，又好笑，又彆扭，自己又不方便發作，只得搖頭說：

「兄弟，你甭惡作劇，我可不是你家的嬌客。」

「說我惡作劇？」那年輕漢子笑說：「你在你舅子面前，也用得著裝懵懂？是扯不下臉皮回家，才在村外這麼乾坐著？我拉你回去總行罷？」

「你說哪兒去啦？」耿二牛乾笑說：「我是山東歷城的耿二牛，販棗來的，不是你要找的人吶！」

「籍貫算你沒忘掉，」對方說：「你分明姓王，哪天改成姓耿的了?!」

「糟糟糟，我跟你扯不清啦！」

「扯不清就跟我回家呀！」

兩人正拉拉扯扯，田裡又來了四、五個荷鋤回村的人，走近了，把耿二牛一看，全都手舞足蹈的樂起來，一連聲的招呼說：

「啊呵呀，王姐夫，你總算回來啦，你再不回家，真要讓老姐她等白頭哩。」

「對不住，你們都是誰？我一個也不認得。」耿二牛說。

話剛說完，其中一個就用腳踹著他的屁股說：「不認得？你在哪兒吃了忘記（雞）蛋啦，我打你個當場不認父，來，替他把手車推著，咱們大夥兒陪你回家，老姐她賣咱們的面子，也不至於當場來個『棒打薄情郎』的。」

對方算是人多勢眾，也不容耿二牛辯白，就有人替他推起手車，其餘的簇擁著他，沿著岔路把他拖進了村口，而且興高采烈的大聲叫喚著：「瞧啊，瞧啊，王姐夫回來啦！」

耿二牛推拒也罷，分辯也罷，全都沒人聽，眾人起鬨亂嚷，把他送到一座村舍的柴笆門前面，門裡走出一個頭髮花白的老婦人，兩眼淚汪汪的，上前端詳他，捏著他的肩膀，哽咽的說：

「好兒子，一走這些年，真叫人想死你了，快進屋歇著。」

不由他分說，眾人又把他扯進屋，倒茶的倒茶，拿煙的拿煙。

一片嘈喝聲中，藍布房門簾兒一挑，出來一個白白淨淨的少婦，約莫廿多點兒年歲，淚涔涔的呆望著他，不斷用衣袖點著潮溼的眼角，用溫柔帶怨的聲調說：

「唷，虧你還記得家門是朝哪？是哪一陣風把你這貴客吹回來啦？」

糟糟糟，耿二牛心裡叫折騰得慌嘈嘈，一顆心差點蹦到嘴裡來，這是哪兒對哪兒呀？分明是驢脣不對馬嘴，一個人認錯了人，還不算什麼，這一大窩子人，全都把我當成姓王的姐夫，天底下真會有人長得這麼像的嗎？

「請讓我再說一遍好唄，」耿二牛大聲說：「我不姓王，姓耿，家住歷城耿莊，家裡有妻小的……。」

「姐夫，你省一句罷，一時馬不下臉，編故事也甭揀這時候。」那個不是舅子也算舅子的說：「編故事，到老姐枕頭上編去，咱們要忙著替你擺酒接風啦！」

好意也會窩囊死人的，可不是？全村的鄰舍，扶老攜幼都趕得來了，像瞧西洋景兒似的，有的評頭，有的論足，有的說變黑了，有的說變胖了，形成一片嘈雜，幾個年紀長些的，還說些排解勸慰的話，說是什麼：床頭吵架床尾和，夫妻本無隔宿仇，魚情又加水情的，都來了。

耿二牛剛要站起，就被人捺倒在椅上，他開口分辯，對方就說歪再打誑，只聽到灶上忙成一片，殺雞，剁肉，忙不迭的在張羅飯食，搞得耿二牛有些渾渾噩噩，天旋地轉……。

這算哪一門子呢？是老天安排下的宿命？敲堂鑼的小瞎子果真有那麼靈？等歇吃的這餐酒飯，算是書場上唱的鴻門宴？吃完了，就要被推上人生另一法場？

早知如此，自己萬不該在岔路口歇腳的，這可好，平白惹出天大的麻煩來了。

人常說：秀才遇見兵，有理講不清，眼前人聲嘈雜，委實也難把話說透，耿二牛盤算著，益發等到吃罷飯，鄰舍紛散之後，慢慢再把話說個清楚，旁的事，都好打賴竿子，叫老姐的少婦，決不至於硬把外人當成自己的丈夫，白白把自己的身子便宜別人的。

酒菜熱騰騰的端上桌，看熱鬧的鄰舍也紛紛道別散去了，留下幾個年輕漢子，看模樣都是那少婦的兄弟，按照鄉村習俗，婦道人家是不上桌的。

「姐夫您請上座，」其中一個說：「咱們弟兄四個，早盼晚盼，總算把你給盼回家了，今晚上，得痛痛快快陪你喝上幾盅。」

「請先甭這麼叫我。」耿二牛說：「一般親戚好混充，這個姐夫可萬萬混充不得的，我敢對天發誓，我確實是叫耿二牛，歷城縣人，路過貴莊歇腳，被這位小兄弟給誤認了，你們又都興奮過頭，不聽我的分辯，才會弄成這樣的，這餐酒菜，我給錢，用完了，你們得放我走。」

「你指我誤認，我兩眼可沒生痔瘡啊！」小的一個笑說：「難道全村的老小全叫鬼蒙了眼？我弄不清你幹嘛要一味抵賴呢?!」

「是哦，真要抵賴，你又轉回來幹什麼？」另一個說：「良心要擺在當央，咱們老姐為你牽腸掛肚，人都瘦了一圈，老娘想你，幾乎哭瞎兩眼，你還忍心拋開她們不顧啊？」

「嗨，你們究竟要我怎麼講，你們才會明白呢?!」耿二牛煩惱得抓著頭皮：「這不是抵賴，是我根本不是。也許在表面上，我跟你們姐夫長得太像了，像到連你們都分辨不出來，才會有這種誤會的，我不是貪人便宜的人，不能不敞開坎兒來講個明白。」

「你的聲音、形貌，根本就是王相五。」小的一個一口咬定說：「這回你就算說破嘴唇，咱們也不會放你走，你還是省幾句，甭讓酒菜涼了。」

四個做舅爺的，硬拖耿二牛上桌，把滿斟的酒盞塞到他手上，耿二牛更加侷促不安起來。

「慢慢慢，」耿二牛一急，急出主意來了：「就算聲音、形貌，都是一個人罷，可是，每人身上都有不同的表記，像痣啦，胎記啦，我要真是你們說的那個王相五，他跟你們老姐做過夫妻，要她講，她要能一口道出我身上的暗記，我再也沒話可說，好唄?!」

「老姐老姐，輪妳講話啦，」小弟拍著桌角叫喚說：「妳跟他同過床，共過枕，他身上有什麼暗記，妳指出來，咱們好驗證。」

「你們都聽著。」叫老姐的少婦在窗戶外頭說：「你們姐夫，左邊大腿枒，有粒很大的黑痣，高高隆起，痣上還長毛呢！」

耿二牛一聽，窘得臉紅脖粗，用手緊緊護住褲子，有些不知所措，那四個見狀，爭著褫脫他的褲子，移燈一照，果然在左邊大腿枒的內側，找到那粒生毛的黑痣了。

「呵嘿，」小舅子笑說：「這場『認夫記』總算演完了，話是由你嘴裡說出來的，我老姐一口答中啦，事到如今，還容你再抵賴嗎？罰酒！罰酒！」

土釀的老酒是辛辣的，仰頸喝下去，真像利刃割喉，一直劃破胸脯，耿二牛滿心都叫著苦也，苦也，怎會想到世上事竟是這般奇巧，使自己越陷越深，到了百口莫辯的地步，老天也夠作弄人，好端端一個耿二牛，硬叫揉弄成王相五了，看光景，今夜不醉也不成啦！

「來罷，眾家兄弟，親不親，一家人，」他說：「咱們就喝罷！」

一場酒喝到起更時分，窗角的月牙兒歪歪的，一片暈矇，年輕的女人掌燈扶他進房，床褥都經整理過，他坐在床沿，癡望著那張微含羞澀的白臉，頰邊漾著溫沉的笑意，自覺完全像一場夢，不知要怎麼說才好。

女人挨著他坐下，幽幽舒出一口氣，伸手捉住他的手，輕輕撫摩著，想說什麼又沒說，把頭緊靠在他胸口，他嗅到一種桂花油的香味。

「分明是真的，何必扯那個謊，我並沒怪罪你呀！」

「嗨，我的黑痔又生錯地方了！」耿二牛沉沉的嘆口氣說：「如今屋裡只有妳我，我還是要說，我實在不是王相五，恐怕日後來了真的，妳我兩個，只怕都沒有容身之地啦！」

「甭再嚇我了，我要查驗你那粒黑痣，它可是假不了的呀！」

月亮落下去，燈也捻暗了，既是夫妻，夫妻的事總是免不了的，耿二牛酒興上湧，竟把眼前的老姐當成銀姐，大肆耕耘不客套了。

「妳說，是真還是假？」他一壁還在問著。

女人吁喘中，幽幽閉上兩眼，也許她微覺有異罷，畢竟相隔幾年，男人沒進房了，她也只有喘著答說：

「冥冥的造化作弄人，錯也已錯啦，你就錯到底罷，誰叫世上人認假不認真呢，這可是天……意啊！」

小瞎子的堂鑼，在耿二牛腦門上敲響，宿命感使他完全舒放了自己，和這全然陌生的女人足足盤桓了一個更次。

兩人真的是情好無間，老姐在他臂彎裡娓娓道出另一個男人王相五的故事，說他當初是怎麼入贅來的，說起昨晚來過的鄰里親串，都是些什麼樣人，什麼輩分，壓尾她嬌聲說：

「再怎麼說，我總是你的人了，你初初回來，總得要到尊長的門上去道個謝，盡盡禮數，真也罷，假也罷，你這王相五是做定了啦！」

「我的雙馬子裡，還有些零碎的禮品，」耿二牛說：「趕明兒，妳取出來，酌情分份兒，給親串們送一送，那筆賣棗得來的款項，替我藏妥，日後營生還得要用的，我既然陷了進來，就得替妳爭口氣啦！」

懵懵懂懂的一夜歡愉，耿二牛可真的成了王相五啦，女人跟他說過，這莊上都是施姓，他是施家的贅婿。

二天一早，女人帶著他挨門分送禮物，對尊長說是他負氣出門，日子過得太苦，腦子混亂不清，也許定下來，才會慢慢的變清醒。

鄉下人腦瓜子缺紋路，沒有誰疑心他不是王相五，耿二牛只好強自鎮定下來，拾起犁耙，和四個舅爺們一道幹農活，但他一直不回歷城去，想得到家人是怎樣焦急，銀姐的兩眼都要哭腫啦！

恩愛的日子過了個把來月，耿二牛除了想家情切，心裡仍然惴惴的，深恐真的王相五突然回來，鬧起真假難分的雙包案，對自己，對老姐，都大大的不利。

但老姐和他相處之後，愈加覺出耿二牛的好處，單就脾性來說，耿二牛誠實平和，原先離家的王相五卻異常倔強，她說：

「世上事，真真假假，假假真真，實在也太多啦，就拿咱兩個來講，誰也沒存邪心歪念，等我信了你，生米都已煮成熟飯了，罪也不在你我身上。」

「是啊，」耿二牛說：「我是在全村誤認之下，原告硬被打成被告，妳是望夫心切，才會投懷送抱的呀！」

「眼前的難處，全在我老娘身上。」老姐說：「她年歲大了，身子又薄弱，好不容易把女婿盼回來，若知是場空，準會鬱死，就算你在歷城鄉下真有妻兒和田產，也不能一走了之，如今，你得兩頭顧全才好。」

「是啊，是啊，」耿二牛說：「不孝的罪名，我絕擔不起的。」

「這樣罷，」老姐想了一會兒，拿主意說：「你帶來的本金，我全都藏在這兒，你不妨拿去，販北貨去歷城，在那邊家裡待些日子，把你在這邊遇著的情形，老老實實說給銀姐姐聽，求她寬諒。每年販棗時節，你再運棗北上，留在這邊過寒天。做買賣，出遠門，在外一待幾個月是平常事，沒人會去追根究柢的，日後我老娘若是不在世了，那時咱們再設法脫身，我跟你回歷城，求銀姐認我這個妹子，你說好嗎？」

「好！」耿二牛樂了，笑著說：「妳設想得真是周全，面面都顧到了。」

按著施家老姐的設想，這邊冒牌的王相五，真的出門去做買賣去了。販北貨回到歷城老家，少不得又變為耿二牛，轟動那一帶的鄉莊。原先家人得不著他的訊息，全以為他在販棗回程的路上，因為腰懷多金，遇上盜匪，遭人謀害了，做老岳的郃大叔，還親自騎牲口北上，四處打探過，沒得著任何消息，如今耿二牛喜氣洋洋的回來，把大夥都樂歪啦！

小宋小武他們，追根刨柢，問他這晌時都去了哪兒？是否是真如算命瞎子所算的有了奇遇？耿二牛哪能講實話，只有硬著頭皮編謊，說他在半路上染了瘟疫，幸好被樂陵鄉下的施老爹救起，讓他留在莊上醫治調息，等到病好了，才能推車回來。

他和施家老姐結的這段姻緣，他只有在枕上悄悄的說給銀姐一個人聽。

銀姐把事情的源本始末掂了一掂，對做丈夫的說：

「那個王相五，為著小忿，負氣離家，多年連封信都不捎回去，放著年邁力衰的岳母娘不照顧，讓老姐倚門伸頸苦盼著他，既不孝順，又沒情義。他們誤打誤撞的找上你，強捺著老牛脖子飲水，你們兩個都沒罪過。事情既然臨到這一步，替施家岳母養老送終，業已是你的本分，日後有一天，老姐若肯回歷城，我會伸出雙手接她的。」

「嗨，」耿二牛長長的嘆了口氣說：「我嘆的不是旁的，是那看起來不打眼的算命小瞎子，他怎會算得這麼準？我這一輩子，也休想砸掉他的招牌了。」

打那時起始，耿二牛就變成一柄織布梭，山東河北兩頭跑，這一跑就是五年。銀姐繼棗兒之後，替他生了梨兒，施家老姐替他生了桃兒和杏兒，銀姐肚皮又湊上熱鬧，還沒落地，耿二牛就說：

「小宋他們愛開玩笑，益發讓他們笑掉牙好了，這一胎，不論是男是女，都管他叫李兒，妳跟老姐兩個的肚皮，全開水果攤子罷，我靠販水果起家，這樣命名，表示感謝老天厚賜——不敢忘本啦！」

那年冬初，施家老娘病逝，營葬的事，全由耿二牛一手包辦的，等老岳母入土，耿二牛把四個舅爺全找來，對他們說：

「五年頭裡，我經過村口不進村，實在是因氣憤離家後，在山東歷城鄉下，真的另娶了郜家的閨女，也生了個男孩，不願拋下那兩母子，你們把我硬拉回來，我念著岳母年老，又不忍心再走，如今岳母不在世，你們又都自立了，我可要帶著老姐和孩子，一道兒搬回山東啦！」

「這是他歷年做買賣積攢的錢，」老姐也端著木匣子出來說：「你們兄弟四個均分，也好成家，日後得空，都可到歷城去走親戚，人說：親親故故遠來香，不是嗎？」

耿二牛帶著施家老姐和桃兒杏兒，是在初雪的時辰，搭一輛長途騾車回山東的，兩家來個二合一，桃、李、杏、棗、梨都全了，銀姐和老姐親得像姐妹，那個負氣離家的王相五，仍然音訊杳然。

這事一經遠近哄傳，算命小瞎子可真成了半仙，誰要找他批八字，算流年啊，嘿，你可得耐心排長龍，而且非得花上整塊銀洋不可呢！

雪媒

想聽古老的奇情故事，你得要學會坐茶館。北方的那些茶館，總有許多被人叫做「故事簍子」的老頭，圓冬冬的肚皮裡，裝的全是故事。

也許你會問，坐茶館也要學？廢話！世上哪樣事不要學?!茶館門口，大多掛有門簾子，夏天用竹簾，冬天用厚重的棉布簾，你這麼一掀簾子一跨步，裡頭的人瞄你一眼，就能斷定你是不是老茶客。

你初來乍到，最好乖一點兒，找個桌面坐下來，先學著用眼，看看四周的人與物都是怎麼回事兒。

靠牆是一排茶灶，裡頭燒著熊熊的劈柴火，橫木的大鐵鉤兒上，吊著十來把沉重的鐵茶壺，壺蓋叫沸水頂得答答響，壺嘴朝外噴白霧，不管門外怎樣冰寒雨雪，屋裡都熱騰騰，彷彿是暖春。

茶館那些跑堂的，也都有他們的學問，你一落座，就遞給你一支手巾把兒，他掂著掂著彷彿沒事，你要立時就朝臉上揩，小心燙掉兩層皮，你用完的手巾，他頂在手指上一旋一飛，遠處就有另一個堂倌接著，那些手巾把兒在茶客頭頂上亂飛，決不會有一支中途落下來，打翻你的茶碗。

再就是你點妥了蓋碗茶，跑堂的拎起足重十來斤的大鐵壺，過來替你沖水，鐵壺舉得高過你的頭頂，也許就在你身背後，一注匹練似的開水，就打你頭頂上飛瀉下來，這當口，你可甭驚惶失措亂動彈，他們沖與停的手法非常高妙，每一杯按照規矩，只沖七分滿，俗說：七分茶，八分飯，只有倒酒是要滿杯的。

好了，茶給你沖上了，你可以舉眼看人啦，凡是抱著一隻腳斜坐在板凳上的，都算是前輩，之乎也者他們沒唸過，論起評古說古，每人全部有他們的一套，而且挺邪門的。

你初到，切不可隨口發什麼議論，學著豎起耳朵聽就好，至於高談闊論，你還不夠格，若想聽故事，我得先指出一個給你瞧，這個高大的老頭，臉寬寬的，嘴闊闊的，一條獅子鼻挺在當央，看上去粗豪威猛，真像一隻猛獅，他的笑聲高亢，能頂翻屋瓦，但老傢伙有點喜怒無常，一旦動起肝火來，一巴掌落在桌面上，鄰桌的茶碗都會嚇得發抖。

通常，他發笑和動火，全不是衝著聽故事的茶客來的，而是直撞著故事裡的人物。當然，偶爾他也會倚老賣老，對小年輕的帶著嚴厲的教訓口吻，你不必介意，他若不訓人，故事就講得不精彩了。

我為啥轉彎抹角，請出這個怪老頭兒呢？因為自小我就佩服他講故事的本領，尤獨像「雪媒」這樣的故事，換是我講，味道就差得遠了。

你們這些小雞蛋黃子，想聽得懂老古記兒，得要有點兒學問才行，比方當時的風俗、習慣，都得要沾上點邊兒你才聽得進去，不進去，又怎麼能懂呢？（瞧罷，我說他開口就先訓人，沒錯兒的。）

當年，鎮上有許多驢店和轎行，就像如今租車一樣，轎行租的轎子，有官轎、便轎、青衣小轎和新娘用的彩轎，也就是俗稱的花轎。此外，還有喪轎、壽轎諸般的名目。

其實轎身沒動，只是換轎披。轎披，就是轎子換的衣裳，比如藍上嵌著大紅的「壽」字，不就是壽轎了麼?!在前朝，還是皇帝老子坐江山，規矩可大得緊，拿官轎來說，什麼品級坐什麼樣的轎，誰也不敢逾越。至於沒有功名的小民百姓，哪怕你錢財壓折樓板，你那屁股也只能坐便轎，其中惟有新娘例外。

這怎麼說呢？一個女人，一輩子只坐一次大花轎，轎子的形式，雖沒有大員乘坐的八抬八托綠呢官轎那樣寬敞威風，但彩轎的轎披卻妝點得十分豪華考究，穿金絲，編銀線，垂纓絡，緞彩繡，那上頭龍也飛鳳也舞的，都是官家特准的——要是平常你穿龍戴鳳試試，當心加你個叛逆的罪名，拉去活剮掉。

——好啦，我為何說女人只能正理正當的坐一次花轎呢？按照老習俗，凡是寡婦再嫁的，離、休再醮的，都不願再大張旗鼓坐彩轎啦！

（老頭畢竟是老冬烘，擱在現今，嫁八次照樣上花轎。不過，他是在講古，你甭聽他這一套也就罷了。）

在平常，人雖有窮富之分，但臨到閨女出閣，彩轎的形式都是一樣的，坐上它，該是女人一生最光采的時刻，無怪乎早時的閨女，夢都夢著花花大轎啦！

咱們鎮上祖父輩的人物裡頭，若論書瀚文墨，首先要推曾家瓦房的曾四太爺，他把畢生掙得的錢財都拿來興學，作育出許多有為的人。

有人說：四太爺能夠發家，是討到一個好老婆，她是王家聯莊老莊主的掌上明珠，閨名叫翠芬，她原本是許配給鹽河灘賈家老莊賈士畢家做兒媳的，曾四太爺要迎娶的，是二道崗子上伍家的閨女阿卿。臘月裡的同一天，賈家和曾家分別辦喜事，結果出了大簍子啦。

事情很複雜，我只能一宗一宗分開來說。

我弄不清，許多人家辦喜事揀日子，為何都揀寒冬臘月？有句俗話說：「有錢沒錢，娶個老婆好過年。」乍聽起來，好像理直氣壯，但卻苦煞了跑腿辦事的，更難為了大群的賀客。

你要曉得，北地一進臘月門，西北風像棍打似的兇猛，風訊一場接著一場，又是寒雨又是大雪，封住了道路，地面的積雪，泥濘不消講的了，那些碎冰渣兒，鋒利得能割破毛窩鞋的鞋底。

辦喜事不是嘴上說說就辦得成的，大大小小，總得擺出個排場來，女方單是辦嫁妝，就得多次跑縣城，傢俱店，百貨行，綢緞莊，金銀鋪兒，全都得跑遍；有錢人家的嫁妝，有大八套、中八套再加上小八套，車拉的，驢馱的，人挑的，能攤開里把路那麼長，光是禮物擔子，就得僱請百十個挑伕。

在大八套裡頭，一塊磚，表示陪一棟宅子，一塊土，表示陪上一頃田，大手筆罷？好啦，嫁妝辦了個把月，要在發轎前幾天，就先吹吹打打送到新郎家裡去（**總得給些時間，讓男方好佈置安放**），這叫做出嫁妝，也是一場大熱鬧。

路上稀泥滑踏，新娘發轎的喜日，男家和女家也都忙得團團轉，從轎行租來的彩轎，早就發到女家門口等候著，新娘梳妝登轎前，已有兩天不敢喝水，路長轎慢，半路不能下轎方便；彩轎的輿伕更是緊張，他們是轎行僱請來的，又得護人，又得護轎。

這話怎麼說呢？轎披是上等緞料，繡花繡朵，色彩鮮麗，可禁不得雪飄雨淋，弄得破舊褪色，那太划不來的了，所以，隨轎都帶有桐油浸過的布幕，逗上雨雪天，就用油幕把轎身罩起來，到了男方門前再打開。

迎親揀日子，只是選黃道吉日，擇日館並不能算出天氣好壞，一旦發了轎，管不得風狂雨暴或是大雪紛飛，必得按時把新娘送到男家，這也是轎行的行規。

曾賈兩家辦喜事，王伍兩家嫁女兒，兩抬新娘的彩轎，都在上午就發轎起程了，偏巧那天陰雲密佈，先是雨，後是雪，遍野白茫茫的迷人眼目，兩抬轎子在半路上相遇，走的是同一條路，當時寒風刺骨，雪又落得太猛，抬轎的轎伕們只好把蒙上油幕的彩轎，抬到路邊的野亭子裡，暫時避上一避。

「路眼兒全沒啦，單望老天幫襯，等到雪落得小一點，再摸路朝前走罷。」一個轎伕說：「好在兩個新郎的住處不算太遠，當天趕到就交代得過去啦！」

「衣裳、褲子全濕了，」另一個說：「凍得人兩腿麻木，渾身發僵，快分頭找些枯枝，生個火烘烘罷！」

「咱們料到風雪阻人，帶得有滷菜和酒，一道兒暖暖身子再講吶！」轎伕們分頭到附近野林去撿拾柴火，把一堆野火燒旺，蹲在火邊享用他們事先帶出的酒菜，一壁聊著曾家和賈家的情形。

替王家抬轎的都很高興，因為賈家富裕，賞金一定很多。替伍家抬轎的都很懊惱，因為曾家清寒，只是個教書團館的酸丁，他們苦了腿，餓了嘴，卻賺不著好油水。

寒天天短，聊著聊著，天就黯黯的轉黑了，雪非但沒有停，反而越落越大，轎伕們怕耽誤了吉期，不得不咬著牙，強打起精神，各自抬起一頂轎子，分道上路了。

新娘坐花轎，也不是那麼容易的事，老一輩人會教給她的規矩，一屁股坐下去，不能隨便挪動，更不能離開坐板，否則，婚姻會多波折。如果新娘中途離轎，那會再婚，最不吉利。她坐在轎裡，原本就不見天日，再加上用油幕罩住，更是什麼都看不見了。

那天夜晚，快到起更時，王翠芬那台轎子抬到男家，她戴著鳳冠霞帔，臉上蒙著面巾，被人扶著跨門檻，進大廳，在鞭炮聲中和新郎交拜天地，許多繁文縟節捱過去，她被送進洞房，面巾被掀開，她仍然垂眼低眉的應付著一群鬧房的親友，經喜娘一再央告，才把那些鬧洞房的人給打發了。

當洞房裡只有她和新郎時，她才敢略略抬眼看看新郎，新郎長得白淨斯文，舉動十分雅氣，她和他都是初次見面，她對他的印象極好，不過，當她舉眼環視洞房的擺設時，不禁納悶起來了，只覺這座房舍古舊寒傖，床帳被褥雖是新的，但都是極普通的貨色，傢俱也很簡陋，並不是她家陪嫁來的物件，賈家既是當地首富，不該這樣的，難道男家會把傢俱都抽換掉了？

她實在忍不住了，就低聲對新郎說：

「賈相公，我家陪來的紫檀鏡臺呢？我要卸妝啦！」

「紫檀鏡臺？」新郎有些發楞說：「妳家並沒陪這宗物件，叫我到哪兒去找啊？妳剛說我是假相公，我分明是曾相公，如假包換的。」

「不是啦，我說，你難道不姓賈麼？」

「奇怪了，」新郎說：「我家姓曾，曾子的曾，怎會姓賈來著?!」

翠芬一聽這話，好像被毒蛇咬著似的，拔開門閂子就朝外跑，尖聲喊叫著：「來人啊，捉賊啊，該殺的轎伕，把我抬到賊窩裡來啦！」

「妳大呼小叫做什麼？」新郎趕出來扯住她說：「堂上紅燭在燒著，我明媒正娶，怎能說是賊呢？」

翠芬根本不聽他的，像發了瘋般的又哭又鬧，做婆婆的曾大奶奶跑出來，氣沖沖的叱喝說：

「妳是什麼道理，大喜的日子這般哭鬧？咱們曾家世代耕讀，誰會作賊？妳父母要是嫌我家貧窮，不必要答允這門婚事，妳門也進了，天地也拜過了，用這種歹毒的方法胡鬧，成什麼體統?!」

「說我胡鬧？你們應該姓賈，為何姓曾呢？」

「咄，怪事。」做婆婆的說：「哪有改姓的道理，難道妳不是二道崗子上伍家的女兒？」

「哦，」翠芬說：「我明白了，妳兒媳姓伍，我卻姓王，我嫁的是鹽河灘的賈家。兩頂轎子一路走，因著風雪太大，歇在半路涼亭裡，我聽見轎伕喝酒聊天，講到那頂轎裡新娘姓伍，一定是轎伕酒喝多了，把轎子抬錯啦！妳趕緊差人到鹽河灘賈家去找，定會找到妳兒媳啦！」

翠芬這麼一講，曾家母子倆才明白過來，新郎對翠芬說：

「陰錯陽差弄成這樣，虧得妳先開口，要不然更不堪收拾了。如今更深夜黑，又沒有轎子抬妳上路，只好委屈小姐在這房裡歇一宿，我約集鄰舍，連夜趕到鹽河灘賈家去，把事情扯直。」

說完，他就點起燈籠，急匆匆的走出去了。

曾大奶奶抓起翠芬的手，溫言向她道歉，說了些安慰她的話。翠芬也明白，要不是這場大風雪，也不會鬧出這樣大的差錯來，她這個新娘，和曾家相公拜天地，又得留在別人家的洞房裡過夜，心裡真是百味雜陳，止不住哽咽。

外頭的大風掃著屋簷，大雪仍然撲打窗紙，一切只好等到天亮後再講了。

新娘伍阿卿那頂彩轎，抬到鹽河灘的賈家老莊，賈家迎轎的龍鞭放得震天響，把新娘接進門，拜天拜地拜祖宗和公婆，掀開面紗送進洞房，阿卿雖也覺得洞房的佈置異常豪華，但她羞答答的沒好開口講話，新郎在喜宴席上，被人多灌了幾盅酒，人散之後，就和她解衣登床，成了好事。

賈老莊和鎮上相距廿里地，曾家新郎帶著兩三個鄰舍，騎著驢，冒著風雪，一路艱難跋涉，直到第二天天亮之後，才到達賈家，擂門說明原委，賈家的人也驚怔不已，著婢女來問，新郎新娘正起床梳洗呢！

「這事不好辦了。」賈老爹說：「既到這步田地，錯也只好錯到底啦！生米業已煮成熟飯，雙方不遷就，也沒有別的法子可想，王家的嫁妝和伍家的嫁妝可以互換，伍家和我業已成了親家，我負責去講，曾家和王家的事，你們自去料理如何？」

賈老爹是財主，並沒有財主的架子，他說的全是事實，也合情合理，曾家做新郎的沒話好說，就告辭回來，把事情的經過都對翠芬說了。

「賈家和伍家業已成了定局了。」做新郎的對翠芬說：「妳雖在寒舍委屈一夜，事情還有轉圜的餘地，實不瞞妳，曾家寒素，我是個唸書人，不敢企望娶到富家千金，一切都得看妳拿主意了。」

「花花大轎抬到你家，天地祖宗都拜過了。」翠芬幽幽的說：「我不是嫌貧愛富的人，絕沒有再回去的道理，不過，你得去我家，把事情的原委，跟我父母說明白，讓兩老點個頭，才是正理。」

「好好好，」做婆婆的在一邊笑得合不攏嘴：「王小姐到底是大家閨秀，明白事理，我這就責成孩子去辦，修到妳這樣的人做兒媳，我沒得說。」

曾老四去王家聯莊，把話說清楚了，王家看這個年輕人長得一表人材，說話誠實不欺，認為天意如此，既然閨女認了，就滿口承允，讓翠芬成了曾家的媳婦。

早先人常說「無巧不成書」，好像戲臺上演的，唱本上寫的，全都是無聊文士瞎編亂湊出來的，其實，六合之內，無奇不有，陰錯陽差的事多著呢！我祖父就是在鎮上轎行管事的。

翠芬因著那場大風雪，由賈家媳婦變成曾家媳婦。她精明能幹，孝順公婆，協助丈夫，掙出一片家業來。她生的三個兒子，兩個女兒，個個成材，老夫妻兩個一生恩愛。相反的，嫁到賈家的阿卿，算是糠籮跳進了米籮，吃香的，喝辣的，成了呼奴使婢的少奶奶，但她天生福薄，生頭胎孩子時，遇上難產，兩母子都死了。

賈家鹽棧失火，又鬧出人命官司，不久就家道中衰，阿卿的丈夫，身子原就單薄，喪妻失子一打擊，再加官司纏身，便得了肺癆病，拖了三年也去世了，他的墳就在窯汪邊的土丘上。同樣是一場大雪做的媒，在一方面成就了人，另一方面又毀敗了人，果真是天意難測，咱們這些凡夫俗子，是猜不透也看不透的。

好了，喝口熱茶燙燙心，這些奇巧事，不會落在你我的頭上的。我活到這把年歲，只有坐坐茶館，拿旁人的事來磕閒牙，老天爺從沒拿正眼瞧過我呢！

放鷹

小敖在京城裡幫人打工，幹的是端盤子洗碗的雜活。由於他勤奮肯幹，做人又誠懇實在，頭把刀王大師傅很看重他，讓他進廚房做助手，悉心調教他，使他逐漸懂得一些烹調的訣竅。和小敖同時進入飯館當跑堂的夥計們，都羨慕小敖，但小敖並不覺得城裡的日子好過。

「要不是家鄉年成荒歉，我是不願進城來的，」小敖說：「是我老舅回家說動我爹，硬拉扯我來學手藝，要我賺筆聘金，回鄉好討老婆。」

「討老婆幹嘛不在京裡討，皮白肉嫩多得是，強似討個鄉巴老土，平臉塌鼻，黑不溜丟像隻泥鰍。」

「黑有啥不好的？」小敖說：「我老娘講過，蘆一千，黑一萬，白雞好看不下蛋，我爹也講：白鬆，黑緊，黃邋遢，黑妞才好著來！」

聽小敖說起話來，好像傻乎乎的，其實他半點也不傻，他不嫖不賭，不浪費一文錢，每個月領的薪水都積聚起來，畫碼子計算，他總自個兒唸叨著：一旦聚足了聘金，就買匹牲口回南宮縣的老家去，物色一房媳婦，爹和娘都老了，留著媳婦在家照應門戶，那時再出來闖，心就會放寬許多啦！

小敖的老舅張秉正，在糧行做管事，有空也常過來看望姪兒，他見到小敖埋頭苦幹，一本正經的賺錢，心裡也很欣慰，年輕人就得刻苦磨練，朝成家立業的路子上走，日後才不會衣食不周。

「我說老舅，我的錢業已掙得不少了，」小敖說：「我打明年開春，就買匹牲口回家，物色一房媳婦，侍奉老爹老娘，王師傅業已允了我，日後回來還幫他的忙。」

「好啊，」老舅說：「你有兩年沒回去，你爹娘想你想得慌啦，不過，你單獨走長路回家，我總覺有些懸懸的，放不下心呢！」

「怕什麼？」小敖說：「我拳大胳膊粗的，不再是孩子啦，您還擔心我摸迷路，遭人拐騙麼？」

「嘿嘿，教你說中了，」老舅說：「我擔心的正是這個，人常說：世途艱險，凡事都得小心謹慎，我活了半輩子，有些事情還沒學周全呢，何況你毛頭小子，缺少江湖經驗，那些老千不騙你騙誰呀？」

老舅接著跟他談到，像北方的白撞（仙人跳），念秧，拋白，打絮巴；南方的金光黨，拆白黨，媚鬼術等等，他們都是針對人性弱點施術，手法成套的翻新，五光十色，令人目眩，小敖甭說身歷其境，光是伸著兩耳聽，也聽傻了眼啦。

「乖隆咚，竟有這許多名堂？」小敖說：「老舅，您不是存心嚇我罷？」

「老舅我有過頭破血流的經驗，這才會叮囑你，要你一路當心點兒，你腰裡揣著兩年辛苦積賺的錢，若是教人騙光，你會怨我事先沒教你。」做老舅的說：「防騙的法子很多，最要緊的是：陌生人跟你套近乎，你不用理他；拿美色誘你，你不要心動；不吃人家的酒菜，不貪別人的錢財，不聽那些甜言蜜語，有了這五個『不』字訣，他們就很難騙得動你了。」

翻過年的三月杪，小敖在市上買了匹壯健的大青驢，把賺得的錢裝在腰勒子裡，辭了工，告別老舅，順著官道南下，直奔南宮縣的老家。

這一路算是很平靖，多的是南來北往的行商客旅，路邊的野店，鎮集上的客棧，也都是正當營生，不會有傳說中的黑店，他打尖落宿，風平浪靜的，半點岔事也沒發生過。

小敖騎著新買的大青驢，走在新柳成行的官道上，春風柔柔的兜著人臉，小敖覺得滿心爽氣。老舅雖說在外頭混了許多年，卻顯不出做漢子的膽氣，連走路都縮頭縮腦，真是一朝挨蛇咬，十年怕草繩啦！

大青驢的腳程夠快的，這已經是獻縣的地界了，他騎著牲口走到晌午時分，岔路口有處樹蔭，正是行人歇腳的好地方。

他見著一個瘦乾乾的老頭兒，帶著一個衣衫素雅的少婦，先在樹蔭下歇息，那個少婦長得十分標緻，穿著淺翠色的衫子，黑色紬褲，鬢邊插著一朵白蘭花，腳下穿一雙小小白鞋，分明是在戴孝。

她滿臉愁容，不時把臉轉向樹幹幽幽的啜泣，樹邊還拴著一匹大肚子牝驢，在低頭啃草。

小敖原沒打算在這兒歇腳的，但他的大青驢一見到牠，就唔昂唔昂的嘶叫起來，停住蹄子，不肯走了。

「他娘的，你早晚會著了母驢的道兒。」小敖低聲的罵著。

大青驢一反平時的乖順，一逕走到牝驢身邊，兩匹驢相互聞嗅，先自親熱起來：小敖沒辦法，只好拴住牠，也到樹邊歇息，向那瘦小的老頭討火，吸管旱煙。

「您老貴姓？」小敖找話搭訕。

「好說，小姓紀。」老頭兒說。

「往哪兒去呀？」

「噢，」老頭兒說：「我是來接小女回家的。」

老頭兒這樣說話時，那少婦瞟了小敖一眼，又轉過頭去，抬起衣袖拭淚，老頭兒也嘆息著。

「接令嫒回家團聚，應該高興啊！」小敖說：「幹嘛這麼難過？」

「唉，你不知道，我這閨女，嫁到獻縣王家，王家很窮苦，去年女婿死了，她也沒生兒育女，我的老妻早已去世，我接她回去，也不是長久之計，我老了，像無主的孤魂，過了今天，想不到明天，總不能照顧她一輩子，這才嘆氣啊！」

「嗯，」小敖點頭說：「年輕輕的，沒有丈夫，想來真也夠可憐的。」

「客官你是哪兒人？」老頭兒說。

「家在南宮縣。」小敖說。

「說也巧，咱們是小老鄉啦，」老頭兒說：「我家也離南宮不遠哩！」

既是有同鄉之誼，小敖就覺得親切多了，他說：

「小姐年輕輕的，總不能守一輩子，為何不再找個婿家，您老了，也有個依靠。」

「我是個窮人啦，」老頭兒說：「你不提，我真的還沒想到呢！」

「那您得替她物色物色了，」小敖說：「天下男人打光棍的很多，女人沒丈夫的倒是少些，何況您家小姐並非疤麻癩醜的，有人搶著娶啊！」

「恐怕沒那麼容易。」老頭兒說：「你有家室了嗎？」

「我？」小敖臉紅說：「還沒呢！」

「咱們既是同鄉，我說句不是玩笑的話，你要不嫌她醜，我倒真願意把她嫁給你，彼此結門親。」

「這個……嗨，」小敖抓抓頭說：「我不知怎麼說才好，說來挺難為情的。」

「不要緊。」老頭兒說：「好在咱們同路，到前頭野鋪落宿，咱們再慢慢商議好了。」

三個人和兩匹牲口，一道兒上了路。為了禮數，小敖不得不把他的大青驢讓給那少婦騎乘，他在一邊撮著韁繩。

那少婦果真美豔多姿，一口一個小哥，親熱的喚著小敖，弄得小敖心裡輕飄飄的。

走路走得好好的，誰想天下掉下這麼一顆喜果子，能娶到這樣標緻的小媳婦回家，爹娘不笑得合不攏嘴才怪呢！

小敖一路上不時偷眼看著那少婦，那少婦也睨著他，一副羞答答的樣子，人說，俊俏的小寡婦最懂得風流，看光景，真是一點兒也不錯，畢竟她是開過了竅的，懂得男人的滋味，那勾魂攝魄的眼神，把小敖撩撥得渾身像在燒火。非但兩個人如此，那匹大青驢敢情也被大肚子母驢迷住了，一路歪著頸項，好像被邪風掃著似的。

而老頭兒只管吸他的旱煙，裝著什麼也沒看見，小敖甚至伸手輕捏那少婦的鞋尖。

走到傍晚時分，來到一個墟集上，他們找到一家客棧落了宿，後進的三間房，一明兩暗，東西兩面，各還剩有一間空房，老頭兒要店夥牽牲口入槽，添水加料，又叫店裡準備酒和飯食。

不一會兒，店小二過來掌燈，把酒菜送上桌，老頭兒坐當中，小敖和少婦兩邊打橫，少婦執壺，替兩個男的斟上酒，自己也傾了淺淺的半盅。

「這種小客棧，沒房間了。」老頭兒說：「彼此既不見外，我和你擠一擠，住東間，小女她住西間好了。來來來，咱們好生喝它幾盅。」

小敖原本不打算喝酒，禁不得父女倆殷勤奉勸，早就把老舅告誡他的話扔到一邊去了，老頭兒彷彿不勝酒力，幾杯落肚，醉眼朦朧，說起話來，舌頭也短了半截；少婦一直拿眼瞄著小敖，深情款款的勸飲，彷彿她和他已是一家人一樣。

「敖哥，你瞧這屋，中間有門，東西兩間，只掛著門簾子，連個門都沒有呢！」

「老爹不是說自家人不見外嗎？」小敖的鞋尖在桌下碰碰少婦的鞋尖，擠著眼笑說：「既能住同一個屋頂，用著門嗎？」

少婦揚起手，做出要打小敖的樣子，一面發出嬌顫的笑聲來。

「你們兩個扶我到東間躺著，」老頭兒醉裡馬虎的說：「你們今夜就睡西屋，路上不方便，繁文縟節全免了，趕明兒，妳就跟他回家好啦！」

小敖和少婦把老頭兒送到東間，老頭兒一躺上床，就歪著腦袋扯起鼾來，小敖也有了三分酒意，少婦捏住他的手，扶他回到西廂，又掌了燈出去，收拾碗筷，把外間的門給關上，轉身回房，把燈盞放在床頭的木櫃上，不言不語的低下頭，臉頰赧赧然的泛著紅暈。

小敖看著她，酒力打心底朝上湧，眼前的情景，彷彿是一場美夢，他不由得伸手搭著了她的肩膀。

「妳爹要把妳送給我，妳肯吧？」他說。

「你還沒說要不要呢！」少婦說。

「好一張巧嘴，」小敖說：「讓我香香（吻吻之意）。」

小敖扳過她的頸項，少婦左偏右躲，閉著嘴嗯嗯，不願和他接唇，小敖按捺不住了，解開她的衫釦，把玩著她白馥馥的兩乳，把她捺倒在床上。

少婦像喜鵲登枝似的，手腳並用抗拒著他，那種欲拒還休的羞怯神態，更使得小敖神魂顛倒了，他費了半晌的手腳，才把少婦的衫子剝脫，這才發現，她竟穿了三條褲子，每條都用帶子紮緊，上面結了許多個連環死結，糾糾連連的，解也解不開。

小敖急得滿頭是汗，嘀咕說：

「妳幹嘛像防賊似的，弄這許多撈什子？」

「還說呢，你不就是賊？」女的吃吃的笑著。

「我恨不得找把快剪剪掉它！」

一時哪兒去找剪刀呢？小敖想到一個法子，低下頭去用嘴咬，他的牙齒剛啣住對方的腰帶，就覺得天暈地轉，眨眼間已經人事不知了。

少婦一擊掌，東間的老頭兒立即過來，父女倆合力把小敖放平，渾身上下摸索，拿走了他辛苦積賺的錢。

「呵呵，」老頭兒笑說：「沒想到這小子活脫是隻肥羊，這些錢，夠咱們過三、五年好日子哩！」

少婦沒說話，望著被迷藥迷昏的小敖。

「天一亮，咱們就上路。」老頭兒說：「讓這小子好好的睡它一場。」

天剛濛忪亮，老頭兒就到賬房去結賬，他對掌櫃的交代說：

「我那女婿，習慣睡懶覺，我把他的牲口留在槽頭上，帶著女兒先上路，等他起床後，自會回家的。」

「好啊，您好走。」掌櫃的說。

老頭兒走時，不但搜光了小敖身上的錢財，連那匹大青驢也騎走了，扔下大肚子的老母驢，和一個昏睡的阿呆。

到了晌午時，掌櫃的還沒見到後屋的客人起床，隔著窗子叫喚老半天也沒人答應，覺得不對勁，進房去看，還是睡得暈乎乎的，便費力搖著說：「客倌，你是喝多了酒，該起床上路啦！」

小敖睜開眼，頭腦仍然暈淘淘的說：

「失睡失睡，天到多早晚了？」

「都到晌午時啦，」掌櫃的說：「您老岳丈帶著小嫂子業已先上了路，臨走交代，說讓您多睡一會兒。」

小敖一聽，恍惚覺得情形有些不妙，反手朝懷裡一摸，糟了大糕，身上揣著的錢全都沒了，他心裡惶急，一把抓住掌櫃的說：

「你是怎麼搞的？讓那兩個偷兒把我的錢全摸光了！」

「咦？這就怪了！」掌櫃的說：「昨晚你們一道兒住店，分明是你岳丈和妻子，吃在一道，睡在一道。噢，他們走後，你就說他們是賊?!他們要是不走，究竟是親還是賊?!你倒說說看啊！」

小敖一想，掌櫃的說得句句在理，只怪自己太傻，不知不覺的著了人家的道兒了，除了自認倒楣，又能怪得誰呢？

他急忙道了歉，趕出去牽驢，再一看，他驃壯的大青驢也給牽走了，留下那匹大肚子小母驢，看樣子快要生產了，他根本不敢騎牠。懷著一心的懊惱，他只有牽著那匹小母驢上路，打算捱回家再說。

那匹小母驢走到岔路口，不朝南走，逕自轉向西邊的小路走，小敖用力挽著韁繩，想讓牠回到官道上去，那匹驢竟然不聽他的，連連打著蹶兒朝前奔，小敖心裡一動，就騎到驢背上去，放開韁繩由牠自己走，他業已略略領悟到：這匹驢是認得路的。

小母驢經過了三、四座村落，翻過一道土崗子，約莫走了卅多里地，來到山腳下的一個小莊子上。那算不得是莊院，綠樹叢裡有幾間茅屋，外頭圍著柴籬，那匹驢從柴籬入口走了進去，小敖正要下驢，卻看見昨夜那個少婦正站在院子裡，彷彿在等著他似的。

「我曉得你會來的，」她說：「我收拾好了，一直在等著你哩！」

「少灌米湯啦，」小敖跳下驢，一把扯住她說：「你們父女倆聯手，又是酒，又是色，可把我給害慘啦！快把大青驢和錢還給我，要不然有你們瞧的。」

「你先別嚷嚷，」少婦說：「若不是我慫恿我爹換驢，你會摸到這裡來嗎？我爹得了錢，騎著大青驢到西邊鎮集上喝酒賭錢去了，總要到天黑才會回來。你的錢和牲口就算聘禮罷，我既已嫁給你，就決意跟你回家了。」

「妳說的可是真話？」小敖說。

「昨天說的全是假話，今天說的句句是實。」女的說：「我不是小寡婦，壓根兒沒嫁過，我爹逼我為他騙人，我的褲帶上事先抹了蒙汗藥，你用嘴咬帶結，就著了道兒了。」

「哦，我明白了！」小敖說：「幹這一行，俗稱放鷹，是不是？」

「不錯。」女的說：「我去拿包袱，有話路上再說。我爹放鷹一兩年，他可沒料到，這回真的放飛了。」

女的進屋取了包袱，催促小敖帶她快走。

在路上，小敖想起什麼來問她說：

「想起來也真荒唐，妳也不知我姓什麼，我也不知妳姓什麼，名不知姓不曉的，單憑三言兩語就做了夫妻，妳騙過的也不只是我一個，為什麼揀中我呢？」

「看你忠厚老實，這還不夠嗎？」

「夠夠夠。」小敖看著這如花似玉的閨女，一疊聲的說著，一陣溫暖和欣悅湧上來，什麼錢和驢的損失，也都不在意了。

一年後，女的為小敖生下一個男孩，小敖替他取個乳名叫「迷迷」，做妻子問他是什麼意思，小敖說：

「當初我若不教迷藥迷翻，還不會有他呢！」

「噸，迷迷既已落了地，該託人捎信給他外公了。」做妻子的說：「我爹雖說沉迷賭博酗酒，幹那種邪魔鬼道的事，但他卻沒幹過殺人放火的勾當，他貪得一筆錢和一匹大青驢，卻賠上了女兒，算是兩方面扯平，親情不能不顧念，總得讓他來抱抱外孫罷？」

「好啦，全依妳啦！」小敖說：「我這就託人捎信去，讓你們父女早些團聚。」

老頭兒來的時刻，正逗上孩子滿月，小敖請鄰里吃滿月酒，央老岳丈坐了首席。老頭兒瑟瑟縮縮的，手腳都不知怎麼放。

飯後，做女兒的把他拉到一邊，塞給他一筆私房錢，悄悄對他說：

「爹，酒要少喝，賭也戒掉罷，女婿賺的都是辛苦錢，不能大把貼給你去浪蕩，女兒如今是人家人，不再是您手臂上架著的鷹啦！」

「女婿既是半子，」老頭兒說：「最起碼，這酒錢總該貼我幾文罷？」

蠱妻

年輕的布莊學徒何楚，呆坐在櫃臺裡，望著門外的遠山發楞。

當時悔不該聽同鄉的慫恿，跟幾個鄉友結夥，千山萬水的跑到滇西來，做這一趟藥材買賣，一路上穿雲撥霧，忍受蠻煙瘴氣，翻過凶險的落馬威江，差點被一種叫「吸子」的水怪拖了去。

不錯，雲南的藥材道地，好得沒有話說，像鐵牛子、白藥和麝香，可說是聞名全國，但這一趟長路跋涉下來，才知道世上的錢不是容易賺的，自己原以為年輕體健，吃得苦，耐得勞，誰知道到了雲縣的縣城，卻染上了要命的時疫，渾身浮腫，臉色蠟黃，一陣冷一陣熱的交替著來，根本起不了床。

同鄉夥友買齊了藥材，不能久等，便把自己託給客棧的主人，丟下一筆錢，先行趕回湖北去了。自己一病病了兩個多月，幸好找到一位姓藍的老中醫，算是在鬼門關前，把這條命給拖了回來。

病好了，人輕得像紙紮的，走路都飄飄搖搖，留下的錢，也花得差不多了，原打算撐著捱著回鄉去，客棧的主人唐大叔他說：

「何楚老兄弟，你大病初癒，不能逞強上路，你來的時刻，還有夥友相互照應，這回只是你一個人單獨上路，那太危險啦！」

自己表示手邊已經沒有錢了，唐大叔真的肯幫忙，把自己介紹到王景記布莊來，做站櫃的夥計，雖說是流落異鄉，總還能混上口飯吃。

想到回鄉的夥友，還不知哪天才能再來？每當他抬頭看見北方那重疊的山影，思鄉戀土的心就更切啦，可憐家裡的白髮老娘，倚閭望兒，也不知是怎樣的光景，心裡有著茫茫然的惆悵。

在老家湖北，他唸過多年的塾館，也算是文墨人，如今卻淪為站櫃的夥計，王景記的店主王老得，經常粗聲嗓氣的一口一個小何使喚著人，這真是人在矮簷下，誰敢不低頭，就算他虎落平陽罷。

「小何，你發什麼楞？」矮胖的王老得又在一邊吆喝了：「客人上門，也不笑著哈腰，你這夥計是怎麼幹的呀？」

何楚揉揉眼，來的是兩個黧黑精瘦的土著婦人，站著也不比櫃臺高到哪兒去，無怪自己抬眼望山，沒見著她們。

其實，王老得比誰都更明白，這樣的顧客，東摸西看扯上老半天，也未必能買幾尺粗布，他大聲吆喝，不過是想當著人面，擺擺他做老闆的威風罷了。

在這西南邊陲，萬山叢中的城鎮裡，何楚雖活得很不習慣，但也不得不入境隨俗，和當地的各式人等打交道。

布莊前面的空場上，常會擠滿四鄉來的趕集市的人，有的是深山獵戶，他們有的挑著粗粗硝製過的獐皮，有的牽著新獵得的梅花野鹿，有的甚至把豹子、巨蟒，也裝在木籠裡公開出售。賣土產的，賣藥材的，是當地交易的大宗，這些人經常會把當地的奇風異俗講給他聽。

滇西養蠱的風氣很盛，何楚早就聽說過，但養蠱是秘密的事，即使是一家人，家主養蠱，子女也不一定知道，至於外人，僅能憑著一些蛛絲馬跡猜疑判斷而已。

蠱能殺人於無形，即使是當地的人也都談蠱色變，何楚是外地來的後生，對於當地的奇風異俗卻充滿了好奇和探究，賣鹿茸的老邊，看著這小夥子傻不楞登的，也就樂得扯開話匣子，和他大談起蠱經來。

「這城裡，也有不少人家飼蠱的，不過沒有一個人肯講。說起來，飼蠱的方法，你也聽人講過，那就是在端午節那天，準備一隻瓦缸，把很多種毒物放在裡面，讓牠們自相殘食，最後還活著的，那就是蠱材了。」

「你說蠱材？」

「是啊，」老邊說：「牠當時還不能算是蠱，得要把牠藏在暗屋裡，由女人每天餵養牠，餵了一段很長的日子，等牠能閃閃發光，臨空飛起，藏身在宅子裡，那才真的成蠱了。」

「蠱都吃些什麼來？」何楚問說。

「嘿嘿，牠們吃你這店鋪裡賣的錦緞。」老邊說：「一隻蠱，每天至少吃兩三寸錦緞，可見飼蠱也要花費不少錢的。」

何楚總是個端人家飯碗的站櫃夥計，每回跟別人講話，也都揀著王老闆不在眼前的時刻，零零星星的聊上那麼一點，王老得在鋪子裡，做夥計的只有乖乖站櫃的份兒。

老邊警告過他，這些懂得多少都不關緊要，最要緊的是：一個年輕的男人，在邊遠的地方切忌風流，因為蠱物有兩類，一種是情蠱，一種是毒蠱，情蠱是迷戀中原男子的女孩兒施放的，當她的情郎要離她遠去時，她怕男的變心不再回來，就在他身上施放情蠱。

這種蠱毒是有時間性的，如果男的在限期回到她的身邊，服用解藥，就會沒事，假如超過限期，就會毒發身亡。

毒蠱不然，那種蠱物，每月都要吃掉一個人，假如害不到外人，則要在家人當中找一個餵牠，蠱物吃人，並不是吞食人的血肉，而是吸飲人的神髓，飢餓的蠱物有時會托附在飼蠱人的身上，四處尋找年輕力壯的人，只要飼蠱人和你四目相交，你的精氣神就會被他吸走，不多時便奄奄一息了。

「在這兒，你無論如何要學得本分一點，」老邊說：「要不然，你休想活著還鄉。」

何楚早先聽人談蠱，都把它當成故事聽，自從聽到老邊的談話之後，他可越想越怕起來，恰巧那年冬天，街坊上接連死了五、六個男童，巫師算出是飼蠱人家害死的，何楚當時並不相信，但在幾天之後，隔鄰的一家爆竹店的大孀兒發了怪症死掉了，她飼蠱的秘密才被掀開。

爆竹店的大孀兒姓奉，有兒子媳婦，她在木樓上的一間密室裡供養著一個蛇蠱，她每個月的月圓之夜，都會上樓跪拜，允給蛇蠱吸食一個人。

冬月天寒，她一時找不到人，便答允蛇蠱吃她的媳婦，誰知她的話被媳婦偷聽到了，便趁她不在時，上樓抱了供蠱的血磁罈，在灶上燒了一鍋滾水，把磁罈放進去。

她這一放不要緊，正在爆竹製造廠裡的婆婆，突然狂叫一聲發了怪病，渾身泛起流漿大泡，彷彿被滾水燙傷一樣，大睜兩眼死掉了。

事後，媳婦哭著說出原委，她原想把害人的毒蠱燙死，沒想到連帶的害死了飼蠱的婆婆，她並不懂得蠱和飼蠱人已經結成了一體。

「嗨，養蠱的人家，多半是害人害己啊！」老邊感嘆的說。

天到開春後，季候轉暖了，王景記的生意顯得格外的興隆。

一天上午，有幾個看光景是大戶人家的年輕婦道上門來挑選絲綢布疋，這幾個女孩兒一個比一個出落，一個年紀較長的穿著素色衫裙，看上去比較穩沉，另一個穿綠衫的，人叫她做蓮姑娘，生得白淨溫柔。

年紀最小的一個，穿著紫色衫裙，人叫她露姑娘，活潑伶俐，姿色尤艷。她們選絲綢，挑花色，把何楚忙得團團轉。

何楚雖說是個老實的青年人，但當他看到這如花似玉的三姐妹時，心裡也禁不住微微蕩漾起來。

「聽口音，你是外地來的罷？」穿素色衫裙的那個對他說：「你是哪裡人啊？」

「湖北武漢，」何楚說：「原是夥著鄉友來做藥材買賣的，誰知水土不服，害了一場大病，只好留下來了，敢問姑娘尊姓？」

「哦，我姓章，」對方說：「我爹在東街開酒館。」

「荷姑娘可是咱們店裡的大主顧，」王老得說：「城裡人誰不知章家田莊，你還不快去泡茶。」

這位荷姑娘可真是大手筆，上好的綾羅綢緞她一挑挑了好些匹，付了錢，交代讓夥計給她送到田莊去，她們便笑語輕盈的離去了。

她們走後，王老得對阿楚說：

「年輕做夥計的，眼要亮些，像這種大主顧，得要殷勤招待，半點也不能怠慢。這章家，可說是縣裡的首富，家財萬貫，騾馬成群，她們到店裡來一回，咱們就大有賺頭了。你快把這些布揹了送過去。你出城朝東走，問章家田莊，無人不知的。」

何楚腦子裡一直晃動著那三個姑娘的影子，扛著布疋做這趟差使，半點也不覺得肩上沉重了。

章家正如王老得所說，是當地的首富人家，那座大莊院四周，古木參天，有些陰沉冷黯的味道，他走到大門口，敲擊銅環，隔了好一陣才有個半聾的老女僕上來應門。

「我是王景記布莊的夥計，替幾位小姐送布來的。」他說。

「噢，裡面請坐。」

何楚走過頭道院子，走進章家的大廳，揀了偏座坐下來，打開包袱，取出布疋。他只是個送布來的夥計，等到章家的姑娘出來，把布疋點清楚，他就好起身告辭了。

他在等著，聽到咳嗽一聲，出來的竟是一個留鬍子的中年人，女僕告訴他，這是章家老爺。

「章老爺，您好。」何楚站起來作揖說：「小的何楚，是替布莊送布來給幾位小姐的。」

「好，好，」章家老爺摸著鬍子說：「小姐等歇自會出來，你且坐著說話。」

何楚一時找不出話來搭訕，只好垂手呆坐著。

章家老爺把何楚仔細打量了一番，饒有興致的對他說起話來，問他的家鄉、身世、年紀，又問他可曾娶親？何楚照實答說沒有，章家老爺笑開了。

「這兒雖是偏遠的蠻荒之地，但也是安家落戶的好地方。」他說：「日後娶房親，定下心來做事，總比在布莊當夥計強啊！」

「沒那麼容易啦，老爺，」何楚說：「要不是客棧的唐大叔幫忙，我連夥計還當不上哩！」

「你說得太客套了，」章家老爺說：「咱們這兒，最缺粗通文墨的人，你唸過幾年塾，當夥計真太委屈啦，我那店鋪裡正缺個賬房，你要肯屈就，那是再好不過啦！」

從一個站櫃夥計，一升升成賬房先生，這簡直是做夢也沒夢著的事，何楚一時呆在那兒，張口發楞。

「王景記布莊並不缺你這樣的一個夥計，」章家老爺又說：「這事，由我跟他去講好了。」

就像做夢似的，何楚由王景記布莊轉到雲樓酒館當起賬房先生來。他的腦筋好，計算進出賬目井井有條，甚至對酒館裡的菜肴都能妥作安排，使得酒館的生意更加興旺。

轉眼到了夏季，章家老爺當著他的面，提起有意把第二個女兒蓮姑許給他。

「我的長女嫁給施雲生，可惜他身子孱弱，前年過世了，我身邊沒有男孩，想把次女蓮姑許給你，不過，我的意思希望你肯入贅，不知你肯不肯答應？」

「老爺，何楚承您看重，我答應。」何楚掩不住興奮說：「只怕蓮姑娘她看不上我呢！」

「沒有的事，你人有人才，貌有貌相，我是和小女商量過，才跟你提起的。」

婚事就這麼簡單說妥了。章家訂下日子，在大宅裡張燈結綵，讓何楚變成了二姑老爺。

何楚由酒館賬房一躍而為章家的新婿，而且蓮姑又貌美如花，心裡那份得意自然不消說的了。

但夜晚在新房裡，做新娘的蓮姑常常低眉垂目，嘆悶不語，何楚問她，她總搖頭不答，逐漸的，他發現大姨荷姑、小姨露姑見了他也都憂戚戚的，何楚心裡的疑竇加深了，在沒人的時刻追問她們，她們也都不答話。

一天夜晚，何楚帶著酒意進房，蓮姑趕過來扶他，問說：

「你跟誰喝酒，喝成這樣啊？」

「還會有誰？」何楚說：「是岳丈啊！」

蓮姑把何楚的手抓起來，仔細的瞧看一番，噓出一口氣，扶他躺下了。

二天早上，何楚酒醒了，想起昨夜的事，問說：

「噯，蓮姑，昨夜妳抓著我的手看什麼啊？」

「嗨，我是看你的指甲啦，看你有沒有中蠱毒？」

「什麼，妳說蠱毒?!妳家是?……」

「不錯，」蓮姑神色黯然的說：「事到如今，我實在不能再瞞你啦！我父母是靠飼蠱發家的，我家飼的蠱，是最毒的金蠶蠱，這些年，毒蠱業已害了不少人，當地人都不願到這宅裡來幫傭了。你知道，毒蠱每月都要吃一個人，眼看就要吃到我父母了，前年冬天，大姐夫也被我爹餵了蠱，如今是拿我作餌，招你進門，他們早晚也會用你去餵蠱的。」

蓮姑淚漣漣的說了這番話，把何楚嚇得兩腿發軟，不由在床前跌跪下來，抱著蓮姑的腿說：

「妳能跟我說這些，我實在萬分感激，如今我們該怎麼辦呢？」

「我們夫妻一場，我不忍心看著你死，」蓮姑流淚說：「你不用再管我了，趕緊捲帶些細軟，逃回你的老家去罷！」

「不，」何楚說：「我不能走，妳放走了我，妳父母會讓妳死，我怎能讓妳為我丟命，我死在蠱毒上，也絕不懊悔的。」

夫妻倆情深意重，緊緊的相擁而泣，蓮姑說：

「你既為我不走，我就得知會大姐和小妹，一道維護你，讓我父母找不到下手的機會。你知道，蠱毒是蠱物遺下的糞便，拌在湯裡、菜裡、飯裡，人吃了就會中毒，一個人要是中了毒，他會不斷嘔吐，十個指頭都變成黑的，吃豆不腥，含著明礬也不澀口，到那時，就很難救治了。你避免中蠱毒的方法，就是全家在一道用飯時，跟著我父母伸筷子，他們吃哪盤菜，你就吃哪盤菜，你的碗筷由我拿給你。你切切要記住，不要再單獨陪我爹喝酒了。」

蓮姑是怎麼對荷姑露姑講的，何楚並不知道，他只覺得大姨和小姨都對他分外親切起來，從她們的眼神裡，他看得出她們對他的愛憐和敬重，有了這三個姐妹的防範，何楚這條命總算暫時保住了，但章家老夫婦倆也時刻防著何楚和蓮姑會偷偷逃跑。

這樣相互防範，又拖了一個月，蓮姑的神色越加慘淡了。

「你知道嗎？」她悄聲對何楚說：「餵蠱的時刻就要到了，這是一個大關口啊！」

「妳放心，我會留意的。」

一天晚上，章老爺叫何楚到大廳去，要何楚替他寫一封信。

何楚吮筆濡墨，幫他寫妥回到房裡，蓮姑見他唇上有墨跡，就問他做了什麼？何楚說：

「岳父大入託我替他寫封信，沒有別的呀！」

「嗨，」蓮姑著慌說：「這一來，你已性命難保啦，他把蠱毒放在筆尖上，你張口一舐，毒就進去啦，你不信，看看你的指甲罷？」

何楚伸手一看，十個指頭果然發黑，不禁擁著蓮姑低泣起來，他問說：「中了金蠶蠱毒，果真沒有藥醫了嗎？」

「有是有，但太難了。」蓮姑說：「這得要把蠱物找到燒死，再用鳳梨汁和死蠱煮湯灌治，才能救得性命。我們姐妹哪有滅蠱的本領？再說，時間也來不及啦！」

中了蠱毒的何楚，也只捱過了一夜，二天天亮時，他已經腹脹如鼓，臉色赤紅，手腳黑得像墨染的一樣，瞪著兩眼死在床上了，章家的三個女兒，都哭得像淚人兒，而章家老爺卻青著臉說：

「人死不能復生，哭哭啼啼也沒有用，趕緊著人買棺材，替他埋葬了罷！」

做女兒的心裡明白，她們的父母是怕外間紛傳，上一回，荷姑的夫婿中了蠱毒，也是當天就草草落葬的。何楚也不例外，晌午裝棺，傍晚就已葬在屋外的坡腳邊了。

蓮姑不飲不食的哭泣了一天，心裡怨著做父親的不該為了貪財飼養蠱物，財是發了，卻親手毒害了兩個女婿，她和何楚夫妻這樣恩愛，何楚死了，她也不願獨活，打算等夜深入靜時，偷偷摸出宅院，到坡腳邊何楚的墳前，找棵樹上吊。

起更之後，等到宅裡人全入睡了，蓮姑悄悄起身，換了素服，在星月光中走出宅去，她走到坡腳何楚的墳前，忍不住的又嚎啕大哭一場，道出她的心聲。

正當她準備解帶自縊的時候，忽然看見一團碧色的燐火，從墳墓裡飛出來，繞著她打轉，她彷彿聽到何楚的聲音在叫喚她說：

「蓮姑，千萬不要做傻事。」

「你死了，我到陰間去陪你啊！」蓮姑說：「家父不仁，坑害了你，我還有什麼臉活在世上？」

「妳聽我說，」何楚的聲音說：「我魂到陰司，閻王翻了生死簿，說我命不該絕，明日申時，新縣官過境，妳只要等在路口告狀，他自能救我。夜深露寒，妳快回宅去罷！」

蓮姑像做夢似的，不敢相信那是真的，她還是趕回宅裡睡了。

二天申刻之前，她站在路口等著，過不多久，果然見到槍兵和馬隊，蓮姑並不知道這位新任的縣長是立意清除民間蠱害的人物，他聽到有個少婦攔路喊冤，便立刻聽取她的告訴，讓她領路，來到了章家大宅。

「飼蠱害人，違天理，犯國法。」縣長對章家老夫婦說：「今天我就要把毒蠱給找出來！那馬班長，你帶人去坡腳，讓蓮姑指認，把中了蠱毒身亡的何楚開棺後抬回宅裡來。」

「縣長大老爺，這毒蠱會變化，藏到哪兒，咱們怎麼找呀？」一個跟班的馬弁說。

「嘿，我自有辦法！」縣長說。

他帶著護勇繞著那座大宅子走了一圈，抬頭看到瓦面上的隱隱藍光，兀自點著頭，喃喃說：

「是了，這隻絆子蠱，確實是藏在這屋裡。」

他著人去馬背上取來一隻木籠，打開籠口，放出一隻黑褐色的大刺蝟來，眾人一時還弄不清縣長弄來這隻刺蝟做什麼，縣長笑指著刺蝟說：「這可是我在誌書裡學到的，刺蝟是覓蠱最靈的野物，不論毒蠱藏在什麼地方，牠都能找得到，你們等著看罷！」

那刺蝟一出了籠子，就四處爬行聞嗅，嗅到大廳梁柱那兒，刺蝟停住不動了，不斷的在地面朝下抓扒。

縣長臉上帶著微笑，看著那刺蝟打洞鑽了進去，轉身傳喚把章家老夫妻帶來問話，問及飼蠱的事，章老頭一概不肯承認，說他全靠正經買賣發跡，但不到一個時辰，大刺蝟啣出一個東西來，那東西是個血漓漓的肉圈兒，看上去沒頭沒尾，還在不斷的扭動。

「這隻絆子蟲分明是在你們宅子裡，該是物證罷。」縣長說：「快替我從實招供！」

刺蝟擒了毒蠱，章老頭不得不叩頭認罪了，他供出內屋裡留有一本賬冊，某年某月，掠騙殺人，某年某月，以傭僕飼蠱，某年某月，毒害長婿……前後總算起來，這隻毒蠱，業已殘害了二十多條人命啦！

握住口供和證據，縣長吩咐將章家夫婦鎖孥到縣城去，打入監獄，又交代把毒蠱火化，用蠱灰和鳳梨熬湯去灌救已經死去對時的何楚。

原先大夥兒都覺得縣長的頭腦有問題，一個已死的人怎能灌得活呢？誰知蠱湯灌進去，死人肚裡咕嘟嘟的響了起來，不一會工夫，他竟張口哇哇大吐，吐出來的都是大大小小的死蠱，盤絞在一起。

縣長帶犯人進了城，三姐妹留在宅裡照料著何楚，他吐瀉三日夜，竟然活了回來。

不久之後，案子審定了，章家老夫妻以飼蠱毒殺多條人命被判死刑，家產經官變賣賠償給受害人的家屬。

荷姑和露姑一貧如洗，無家可歸，經蓮姑央告，求何楚帶她們一道回湖北老家，三姐妹都成了他的妻子。

有人聽到這事，非常羨慕，認為何楚大享艷福了，也有人說：

「甭羨慕他，你敢照他的樣兒，死過一次嗎？」

惟有一個老爹，啞聲笑著說出他的看法，他說：

「何楚中蠱不死，固然是福，但他娶了三姐妹為妻，並不值得羨慕，要曉得，人活在世上，這色蠱可要比金蠶蠱更厲害得多哩！」

白蕈記

在福建龍溪縣，幾乎沒有人不知道林茂中醫師的，他在縣城裡開設了「廣德堂」藥鋪，由他親自駐診。他所監製的膏丸丹散，藥效神速，取價低廉，行銷到南方好幾個省區去。

當地老一輩的人，不乏知道林茂底細的，都說他年輕時不務正業，甩手浪蕩，家人把他送進塾館，他鼓動同窗嬉弄塾師。廢學之後，更是放蕩形骸，一擲千金，弄不多久，就把家裡的產業給耗蕩精光了。

林茂平素只懂得吃喝玩樂，沒有謀生的本領，有錢的時候不覺得，一旦兩手空空，那些狗肉朋友全都不見了，他這才著慌起來。

縣裡的街坊熟知他的素行，連打工人家都不願請他，幸好他爹的老友看他可憐，湊了點錢給他，要他到廣州太平門找他的表哥李道吾。

「聽說道吾在那邊做南北貨的生意，算是很發達，」那位世叔對他說：「他是你唯一的至親，你跟他學學做買賣，日後才能自立呀！」

林茂從沒出過遠門，但他朝後生活無著，不得不硬著頭皮上路。

好不容易摸到廣州太平門，向附近的人一打聽，才知道他表哥李道吾早已遷到香山縣去了。廣州的生活程度高，林茂在那兒待了兩天，身上的盤川業已快花光了，他急著要去碼頭，搭渡輪到香山縣去。

像廣州那樣的大埠頭，林茂人地生疏，言語又不通，摸了好半天，摸到輪船碼頭，心裡惶急，他看到許多人擠上一艘快要開行的小火輪，他也跟著擠了上去。

當時駛到廣州附近各地去的小火輪，上船時，要領一個牌子，等到下船時，交牌子付錢才能下船。林茂在混亂中擠上船，並沒領牌，高高興興的站在船頭看著江景。

等到汽笛長鳴，搭船的客人紛紛拎行李，他看出船要抵埠了，便也跟著人準備下船。同船的人一個個的交牌付錢，臨到林茂，既無船牌，又交不出船錢來，管事的問他，廣東話和福建話互不相通，林茂沒辦法，只好脫下上衣當做船錢，管事的看他是外地人，一定是尋親覓友，短少了盤川的，就揮手讓他下船了事。

林茂上了岸，到處向人打聽，有沒有做南北貨生意的李道吾。問了半天，沒有一個人曉得，他這才從一家招牌上看出來，這裡是肇慶府，根本不是香山縣——他自己粗心大意，搭錯了船啦！

他摸摸身上，只賸下幾個小錢，肚皮餓得咕咕叫，沒辦法，只好到街口小攤子上，買點零食搪飢。但吃了這頓沒有下頓，也不是辦法，他只好在街上亂逛，想想要怎麼再到香山去找到表哥。

他逛到街口熱鬧處，看見一棟巨宅，門口懸著一面木牌，上面張有貼示，有些人在好奇的圍著觀看。

林茂的書唸得不夠專心，但字還認得不少，他湊上去一看，原來是這宅裡有人生了怪病，群醫束手，貼出貼示來求醫的，貼示上這樣寫著：

「小女身染怪症，全身肌膚泛黃如蠟，腹脹如鼓，不能飲食，灌以流汁，即行嘔吐，月來遍覓兩粵名醫，百治無效，今已奄奄一息，萬企杏林高士，本救人之宏旨一伸援手，當有重酬，宅主吳裕厚敬白。」

林茂根本不懂醫術，但臨到山窮水盡的地步，心裡想：管它呢，姑妄應募入宅，混它幾天飽飯吃，弄點草頭丹方搪塞搪塞，就算治不好，拿不到酬勞，宅主人總不會討回飯食錢的，於是乎，他就大模大樣的敲門進去了。

應門的僕人問他，他答說：

「應募替你們家小姐治病來的，快替我通報主人。」

「您來得正好。」僕人用福建話說：「吳老爺正在大廳等人來應募呢！」

「好啊，」林茂說：「聽口音，我們還是老鄉呢，你府上哪裡？」

「我是跟吳老爺來的，老家是福建龍溪。」僕人說：「吳老爺也是龍溪人呢！」

「親不親，故鄉人，既是同鄉，那就更好辦了。」林茂說：「我會盡全力醫治你家小姐的。」

林茂跟隨著那僕人來到大廳，吳裕厚老爺坐在當央的太師椅上，看到進屋來的，是個穿著破舊藍衫的年輕人，模樣有些狼狽，不禁有些起疑，就問說：

「先生，您貴姓大名吶？」

「我叫林茂，老家在福建龍溪，」林茂說：「我這次來廣州，原是要找我表哥李道吾的，太平門那一帶的人，都說李道吾遷到香山縣去了，我因著言語不通，在碼頭上搭錯了船，才到肇慶府來的。」

「嗯，原來是李道吾的表弟，」吳裕厚的臉色變得柔和起來：「你表哥和他的商行，和我的鋪子有往來，你是龍溪的望族呢，請坐。看茶來。」

林茂作了個揖，也就在一邊椅子上坐下了，心想：人常說茶飯茶飯，如今先有了茶，等歇必有酒飯，看樣子，幾天的飽飯是吃定啦！

「林先生，您是懂得醫道的囉？」吳裕厚說。

「當然當然，懂得一些，」林茂說：「一時救人心切，也只好毛遂自薦了。」

「敢問您是師事哪位名醫呢？」吳裕厚又說。

「不瞞您說，晚輩不是修習漢醫的，」林茂說：「令千金的這種怪病，您找漢醫可就找錯了，這得要用草藥秘方才能治得好的，我學的正是各類專治疑難雜症的秘方，嘿嘿，一般醫士夢都夢不到的秘方，要不然，我怎敢冒冒失失的踏進府上的大門呢？」

吳裕厚想了想，點頭說：

「對啊，怨不得這些日子，我遍請名醫，小女吃了他們的藥，隨即就吐掉了。」

「就是嘛，」林茂說：「有些儒醫，博覽群書，一肚皮墨水，說話酸溜溜，治病文縐縐，不敢用奇藥，不敢下猛藥，遇上怪病，他們那種一本正經的治法，當然是不行的。我治病，一向是大刀闊斧，來它一個死裡求生，既是怪病，就得用怪醫法才成。」

「林先生年紀雖輕，說得有理。」吳裕厚說：「小女經過多番折磨，如今真的病入膏肓，朝不保夕了，要不然，我怎會急得在門口張貼子求醫呢？我的原籍，也正是福建龍溪，萬請你看在同鄉的份上，搭救小女一命罷！」

「老先生言重了。」林茂說：「令千金病重，不必扶她出來，可否領我到病榻邊，先行瞧看瞧看呢？」

「行，行，」吳裕厚說：「我這就領你進去罷！」

吳家的宅子真是豪華，傢俱全上的是最上等的福州漆，光可鑑人，長廊的圓窗口，金漆立几上放置著吐蕊的幽蘭，穿過幾道曲折的迴廊，來到吳家小姐的臥處，吳裕厚的夫人和一群女僕都在等著，陪他登樓。

進入小姐的閨房，林茂一看，那吳家小姐，長得真是柔美可人，但她的臉色有些浮腫，看不到一絲血色來，她的身上雖覆著絲面的薄被，也還看出她腹部高脹如鼓的情狀，她兩眼失神，呼吸急促，果真到了奄奄一息的地步了。

林茂若有其事的替病家把脈，從右手換到左手，一面閉上眼睛，點頭晃腦，彷彿頗有所得的樣子，其實他心裡想的，完全是兩碼子事，他是餓極窘極了，才橫衝瞎撞撞進這宅裡來的，沒料到吳家小姐病重到如此程度，假如一劑秘方草藥吃下去，她立刻伸腿瞪眼，難保吳裕厚不扭他送官，以草菅人命究辦。

為貪幾餐飯食，挨上一場人命官司，說不定坐上幾年的大牢，那才霉星罩頂呢！

無論如何，他業已騎上了老虎背，下不來了，說什麼也得撐到底。當吳夫人問他女兒的病況時，他說：

「嗯，她是異物入體，漢醫處方不得法，把令嬡的病情弄重了，明兒一早，貴價跟我出城去找草藥，管保一劑下去，她就會霍然而癒的。」

林茂說得大言不慚，夫人背後的僕傭都暗笑他狂妄，但吳裕厚救女心急，也無心計較，吩咐人去廚下準備酒菜，親自陪同林先生用餐。

林茂離家這些天，飢一頓飽一頓，哪有吃得這麼好過，這餐飯，吃得他上打飽嗝下放屁，吳裕厚又命僕從替林先生預備寢處。被是輕的，枕是柔的，林茂翻來覆去的籌思，明天這一關怎麼過法？

二天一早，吳裕厚差了兩個男僕，備了一匹馬，請林茂出城去採草藥。

林茂騎馬出城，心裡想，取什麼方，採什麼藥呢？只好找些吃不死人的草藥交差了事罷，趁吳家小姐還沒伸腿瞪眼，及早開溜才是好辦法呢！

他走著走著，肚裡咕嚕咕嚕響，絞痛得緊，使他額頭滴汗，他這才悟到，定是昨夜那餐飯吃多了油膩東西，腸子掛不住，要拉稀瀉肚啦！

他走到一處野林邊，把馬拴在一棵樹上，對兩個跟隨他出來的男僕說：「你們兩個，就留在這兒照管牲口，我自進林去尋找草藥去。」

支開兩個僕從，林茂朝野林深處走，且不管什麼草藥，他先得把咕嚕的肚皮擺平。他在草叢中蹲下身瀉肚時，偶然看見對面有一堆糞土，糞堆上面，冒出一朵白色的野蕈子，肥圓得像一隻飯碗。他靈機一動，心想這玩意平常少見，採回去交差該是沒得說了，於是，他伸手採了那朵白野蕈，放在袖籠裡。

瀉完肚，他整整衣衫走出林子，對兩男僕說：

「仙草業已採到了，不必再耽誤時辰，我們這就趕回去罷！」

來來回回又耗去大半天，林茂回到吳宅之後，把白色的野蕈子交給吳裕厚說：

「這蕈子得來不易，該算令嬡有福分，您著人把它拿去煮湯，扶著令嬡喝了，無需一個對時，自然可見分曉了。」

「先生奔忙這半天實在夠辛苦啦，」吳裕厚說：「這就去用酒飯罷！」

這餐酒飯要比昨天更加豐盛，林茂心裡卻有些懸懸的，口味不佳，一夜擔心病人喝了白蕈子湯，會變得怎樣的光景？

他一直到四更天才闔眼。睡沒多久，有女僕跑來咚咚的敲門，說是老爺請林先生趕急過去一趟。

林茂心虛情急，惶惶然的爬起身，穿好衣裳趕過去，到了病人的臥室，見著房裡燈火通明，兩三個女僕扶著小姐，對著痰盂哇哇的大吐，她竟然連著吐出三條紅色的血筋來，蛇一般的在痰盂裡游動，看上去十分怪異駭人。

林茂著人用筷子把扭動的紅筋夾起來，對著燈火仔細瞧看，原來是黏黏的血塊包著人的頭髮，糾纏如蛇，他想到吳家小姐腹部腫脹，很可能就是這種東西在肚子裡作怪，白蕈子能發宿疾，他當時並沒想到，全是歪打正著，碰得巧了。

「好了，病根業已被仙草給拔出來了！」林茂說：「暫且扶小姐睡下，她要吐，就讓她盡量的吐，等她一覺睡醒，再熬些稀粥給她吃，我保險小姐會好的。」

這一回，林茂大模大樣的說話，再沒有人敢笑他狂妄了，至少，他的一劑草藥逼出小姐吐出三條血筋確是事實。林茂交代完了，回房去睡了一場安穩覺。

等他一覺睡醒，吳裕厚把他接到大廳上用茶，臉上露出感激的笑容說：「多謝林先生，你真是醫術高明，妙手回春，在鬼門關前把小女這條命給搶了回來，她如今業已能自行坐起身，嚷著討粥吃啦！」

「這沒什麼，我只是個時醫，碰得巧，走了時運而已，這種白蕈子，並不是容易覓得到的，要真一時遇不著它，小姐的性命還是保不住的。」

「無論如何，小女的命是你救的，」吳裕厚說：「我們闔家都感謝萬分，你也不必急著去香山縣了，我會著人請令表哥李道吾兄到宅裡來，讓你們表兄弟見面的。」

「小姐病既好了，我就該告辭才是。」林茂說。

「不不不，」吳裕厚說：「你等她完全復元再走也不遲，剛剛小女還叮囑我，要我留醫生多住些日子，等她起床，她要親自叩謝你呢！」

林茂一想，吳家上下執意堅留，那就舒舒服服的在這裡多留一些日子也好，不過，他心裡實在納悶著：那朵大白蕈子，究竟是生在什麼上面的，怎麼會有如此大的神奇功效，只一劑服下去，就能把三條纏著人髮的血筋打出來？這是在離開之前，必須要弄清楚的。

他托說到郊外散心，一個人騎了牲口到野林邊，拴妥馬匹，尋覓原路入林，找到當時他遺屎的地方，用樹枝撥動糞土，另一朵白蕈子又已經生長了。

原來那朵白蕈子是生長在一把古舊破損的木梳子上，這使他頓然體悟到：世上的事情，表面看不出什麼，暗裡都有脈絡可尋，生在老木梳上的白蕈，仍然像梳齒一樣有它的特性，能把積存人腹內的毛髮和穢物，全給「梳」了出來。

有了這一悟，林茂憬然於過去吃喝敗家之非，他打算這次回家，專心改行修習岐黃，日後做個真能懸壺濟世的人，總算能對地下的祖先有個交代。

過沒幾天，吳裕厚老先生果然把林茂的表兄李道吾給請到宅裡來了。在大廳的方桌上，吳家準備了一隻紅絨托盤，托盤裡端端正正的放著十條黃金，五百銀洋，旁邊還放有一張田契，冬夏衣裳各一大箱。

「我吳某立身處世，首重信實，」吳裕厚當著李道吾的面說：「招募醫師搭救小女的貼子上，分明寫著：定有重酬。林先生年紀輕輕的，醫術竟是如此神奇，一帖草藥挽救沉痾，這點謝禮，僅能略表感恩罷了。」

「不不不，」林茂急忙搖手說：「我憑一點皮毛醫術，歪打正著治好了小姐的病，這些日子貴府的款待已經足夠了，哪有連吃帶拿的道理！」

「我跟內子商量過，有意要把小女許配給林先生，」吳裕厚說：「今天請道吾來，正好做個見證。我留在家鄉的田地產業一向乏人料理，要是女兒女婿都在龍溪，那就方便多了。我夫婦年逾半百，膝下僅此一女，早早晚晚這些產業都是她的，還望林先生不要嫌棄。」

「吳老德高望重，你不要辜負他的一番誠意，」李道吾說：「你要不方便答允，由我這做表哥的替你做主好了，選妥日子，就在肇慶成婚好啦！」

林茂父母都已棄世，李道吾是唯一的親人，硬替他做主娶了吳家的千金，新夫婦回到福建龍溪，完全洗心革面，拜師苦學岐黃，後來真的變成精通醫道的名醫，而對他過去怎樣誤打誤撞醫好他妻子的事，他並不諱言，還特地把詳細的經過，寫成一篇文章，叫「白菫記」。

文章的結尾，他說：「好逸惡勞，亦為人之本性，年輕時尤易犯之，但人生於世，總須力學，單以盜名欺世而博厚利者，天下豈獨林某一人？撫心自省，愧對天地，乃憑己力苦學岐黃，以救人自贖也。」

林茂的妻子，也隨同她的夫婿一道學醫，還撥出田莊的大筆土地廣植藥性植物，題名「藥園」，由她親自照料。她推許丈夫是個誠實不欺的人，懂得及時努力，發憤自強，最後她說：「我的命是他救的，我跟他再去救別人，是應該的啦！」

魂婚

麥三揚捧著下巴，呆坐在青草離離的土坡上，看著一群綿羊在撒歡囓草，也許是春天的緣故，綿羊都在覓偶交配了，看在麥三揚的眼裡，有著更多的傷懷。

有時覺得人不如羊，分明是有情有意，卻被許許多多繁文縟節弄得支離破碎，財富啦，行業啦，門第啦，硬把一對有情人拆散，世上最殘酷的事莫過於此了。

麥家村和黎家大屋毗鄰，中間只隔著一條溪河，石橋邊的一座塾館，是兩村孩童共讀的地方，黎家大屋的么女黎素素，早先也來讀過私塾，和自己是耳鬢廝磨的同窗。

青梅竹馬，兩小無猜的年歲，兩人十分要好，常常相約到黎家宅外籬落邊相會玩耍，他帶了自家果園的水果送給素素，素素也包了家製的餅飴送給他品嘗。

黎素素年紀雖小，卻學得一手好針線，每年上元，鄉間舉行燈會，素素精心巧手，所紮的花燈雄冠各村，在春風還軟的月夜中盪出一股迷人的風情。

那年上元，博羅各村起廟會，素素撐旱船，他扮演假大老爺，兩人舞跳中逗趣調情，博得一片熱烈的采聲。麥三揚總想，哪天要央告老母，託媒人上黎家去提親，把素素娶回家來，以了宿願。

麥家雖非高門大戶，祖代耕讀傳家，也算是清白高尚，只因老父染病早逝，家道中落，全靠老母含辛茹苦把自己養大，勉力攻書進塾。老母年事日高，身子孱弱，也該早些娶房親，回來照顧她啦！

庚帖送到黎家大宅去，但對方父母嫌自己家貧，小門小戶，日後沒有大發達，竟然一口回絕，這正是麥三揚煩惱的主因。

做母親的勸他死心，另外擇偶，但麥三揚人窮志不窮，對於一般的庸脂俗粉，一概不放在眼下，發誓在有生之年，非娶到黎素素不可。

他始終難忘那年的燈會，黎素素梳著長辮子，穿著一領藍地織錦的緊身短襖，一邊鬢角上，籠著閃閃的珠花。她手揑花汗帕，踏動蓮花步踏舞時，珠花不停的抖動，閃灼出萬種風情，那麼一朵鄉野上的嬌花，使他心盪神搖，不能自已。

「素素，我要娶妳吶！」他這樣直截了當的說過。

黎素素的臉，從鬢角紅至耳根。

「這，你得跟我爹媽說去。」

不說還心存幻想，一說卻使美夢幻滅了，也許黎家防得緊，連黎素素的影子竟也難看到啦！

初夏來時，他鬧了一場病，塾也停上了，做母親的皺著老臉苦勸他。

「三揚呀，甭儘呆著癡想啦，你一直蹲在鄉下，沒見過大世面，才會把黎家素素當成天仙，你可知世上美女還多得很，為她想壞了身子，犯不上呀！」

有些話，麥三揚說不出口，他並非沒寬慰自己，但沒有用的，今生今世，他只認一個黎素素，人常形容相思刻骨，這滋味他是嘗到了，他睜眼閉眼，眼前都是黎素素的影子，連做夢也夢的是她，他經常坐在溪邊的草坡上，看著黎家大宅，那片綠色的圍籬和高大的木棉樹，那兒曾經是他和素素當年嬉遊之地，望著也很傷情。

那天早晨，他總算看到穿著紫衫的黎素素了，可惜她並不是單獨出門，她母親手挽著一隻白柳籃子，帶著她一道兒橫過溪上的小木橋，轉朝東邊的野路走去。

麥三揚原想站起身迎上去，和素素打個照面，但一想到她母親的冷臉和白眼，便強自忍住了。

彼此是鄰村，麥三揚知道素素的外婆家，正是東邊不遠的周村，她定是跟隨她母親走親戚的。

他料得不錯，黎素素確是跟隨她母親去周村走親戚的。黎家父母回絕麥家提親，黎素素不飲不食，幾乎鬱出一場病來，她母親好說歹說，勉強把女兒說得收了淚，她知道素素肯聽她外婆的話，便帶她去了周村。

外婆的話，並沒能改變素素的心意，但她並沒吐露出她的心意，——她寧願死去，也不願辜負麥三揚。

閩粵一帶的鄉野上，常見到一種含有劇毒的野草，俗名叫做打破碗，又叫做胡曼草，一般人常說山野間的狼和虎厲害，但打破碗這種毒草，要比虎狼更為厲害，它的葉子好像茶樹，開出淡淡的小黃花，鄉人傳說，這種草只要有一片葉子入口下嚥，人就立時七孔流血，除非立時吞服山羊血，要不然，準死無疑。

粵閩一帶，綿羊很多，山羊極少，據說山羊囓食打破碗，一點都沒有妨礙，所以鄉下流傳一句俗語，說是：「羊吃大涼，人吃斷腸。」

素素和她母親從周村外婆家回來，走至半路上，看見路邊的打破碗開著艷艷的黃花，便暗自咬咬牙，摘了一束插在鬢角上，更用舌尖舐了舐沾了液汁的手指。

走回家之後，在飯桌上用飯，忽然臉色變紫，肚腹絞痛，哇哇的作嘔，她爹一眼瞥見她鬢角所插的黃花，不禁大驚失色，對她說：

「孩子，妳怎會把打破碗的花摘來插在鬢角上呢？這種毒草沾上一點就會要命的。」

黎素素緊咬著牙，沒說一句話。她父親慌了，急忙吩咐人，趕急去尋找一隻老山羊，把牠殺了，用羊血來灌救逐漸陷入昏迷的女兒。

二天傍晚，麥三揚照例坐在溪邊的山坡上，望著黎家大宅的籬落，他看見黎素素從宅裡出來，走到木棉樹下，繞樹徘徊。難得有這樣的機會，他便跑過木橋，趕過去和她招呼。

黎素素臉色慘淡，兩眼幽怨的望著他說：

「三揚哥，我父母拒婚，並不是我的本意，我業已為你死過一次了，你知道嗎？」

「妳的臉色好蒼白，」麥三揚一把握住她的手說：「手也好冷。」為怕外人看見，麥三揚帶她穿過灌木叢，走進蕉林去，兩人都把心裡的話，綿綿傾訴，當黎素素傷心垂淚時，麥三揚情不自禁的擁吻了她，兩唇相接，忽覺一段甘香，沁入心肺，麥三揚吮嘸之後，忽然聽見有人在遠處叫喚著素素，素素說：

「我要走了，你要見我，起更後，拎著燈籠，三起三落做暗號，我會出來的。」

麥三揚回到家裡，還不到一刻的工夫，就覺得肚子絞痛，臉色變得青紫。

麥老孀兒是有經驗的，一看就知道是中了毒啦，她問麥三揚可曾吃了什麼，做兒子的隱瞞不住，便把白天和黎素素約會的情形吐說出來。

「哎喲，你難道不知道黎家女兒中了打破碗的毒，到處找老山羊，用羊血灌治的嗎？如今她恐怕還躺在床上不能起來，怎麼會跟你約會呢？」麥老孀兒說：「人說：魂靈出竅，也許是真的，但她不該把絞腸劇毒傳給你啊！」

「我也弄不清楚，」麥三揚忍痛說：「目前只好想法子，向黎家討些山羊血來灌治了。」

麥老孀心急如焚，急忙趕到黎家大宅，去討山羊血。黎家告訴她，老山羊早已烹掉，再也沒有活血可用了。

麥老孀再趕回家，麥三揚業已不行了，他捧著肚腹哭說：

「娘啊，孩子不孝，再無法伺候妳老人家了，我們因著家裡窮，娶不到黎家的素素，我死後，到了陰司，也許那邊不會這樣世態炎涼，講求利勢，說什麼我也要娶到她的。」

他講完話，就嚥了氣了。

麥三揚並不知道自己已經死了，心裡仍一直念著黎素素，他便按照她交代的話，拎了一盞燈籠，在冥濛的夜色裡，飄飄漾漾的走到黎家大宅去。他遠遠對著亮出燈火的窗子，打出三起三落的暗號，不多一會兒，呀的一聲門響，黎素素便手拎著包裹出來了。

「沒想到妳來得這樣快。」麥三揚執著她的手說。

「我日夜都在等著你。」黎素素說：「我們趕緊走，我不願再待在家裡了。」

「我們去哪兒呢？」麥三揚恍恍惚惚的：「我兩手空空，根本沒帶盤川。」

「錢我帶得有，足夠我們用的。」素素說：「我們離開博羅，搭船到福建去，到外鄉，過我們自己的日子。」

兩人都像在夢裡似的，走呀走呀走了一整夜，到達一條大河邊，果然見到一艘大海船泊在那兒。他們搭上那艘船，航經白浪滔天的大海，也不知經過多少日夕，那艘船終於到了福州港。

日子過得很真實，素素用帶出來的錢租賃了屋子，兩人過著新婚的生活。這樣過了五、六年，素素為麥三揚生了兩男孩，取名麥仁、麥義。

按理說，兩人是有情人成了眷屬，應該快快樂樂才對，但麥三揚不時想念著老母，黎素素也想念著她的雙親，她對著麥三揚說：

「當年不忍見你那般淒苦，我才棄親背義和你私奔，如今轉眼六年，婆母也老了，我父母也該後悔了，撫心自問，我們也該回去了。」

「是啊，」麥三揚也泫然淚下說：「我那寡母，身邊只有我這個獨子，時時倚閭望兒，我也恨不得插翅飛回去呢！」

決定回去的事務，也都由黎素素一手安排的。他們攜帶著兩個孩子，乘著一艘載貨回粵的海船，在海上顛簸了幾日夜，終於又回到了博羅。

「妳帶著孩子，先在船上等著我，」麥三揚說：「六年沒回來，我得去摸探門戶，我那老娘還不知怎樣了。」

麥三揚快步回到家，幾間房子仍在。他剛打算進門，便見到一個黑臉多鬍的漢子，手持一柄鐵耙過來追逐他，他嚇得轉臉反奔，回到船上，渾身是汗，他把所遇的情形，告訴了黎素素，黎素素說：

「這樣罷，你不如跟我一起，住到我家，再託人打聽你老娘。」

「我哪有臉到妳家，」麥三揚憤憤的說：「他們當初若不拒婚，我們也不會流落外地這多年了！」

「過去的事，不用再記恨啦，」素素說：「我們業已成婚生子，你在船上等著，我會來接你的。」

素素牽著一個孩子，抱著一個孩子，捨舟登岸，一逕走到黎家大宅去。附近的鄰舍們都驚詫不已，以為黎家的女兒發了瘋，跑到宅外來抱人家的孩子。

黎素素看在眼裡，也不答理，進屋見到她的父親，跪拜說：「女兒不孝，跟麥家孩子出走，生了兩個孩子，如今回來領罪來啦！」

「妳真的是瘋傻啦，」做父親的說：「多年前，妳中了打破碗的劇毒，雖用老山羊血灌救，留下命來，但一直纏綿病榻，怎麼今兒起床亂跑，又撿回別人家的孩子？妳快回房躺著罷！」

正在這時候，屋裡傳出黎母的叫喚聲，她喊著：

「素素，妳身子弱，怎麼要起床朝外跑呢？快回來躺著！」

黎家上下的人，全驚呆啦，大夥全看見兩個黎素素，一個由裡朝外走，一個由外向裡走，走到二道院子，兩個素素的身子一碰，竟然併身合一，成為一個人了，而素素帶回的兩個男童，仍在院子裡戲耍。

「我還要帶人到船上去接我的丈夫。」素素對她母親說：「船還停泊在河口呢！」

「真是怪事！」做母親的說：「麥三揚那孩子，在妳中毒第二天中的毒，他娘跑來討山羊血，沒討得到，不久他就死了，怎麼會在船上呢？」

說它奇也好，怪也好，黎家大群人都跟著素素到了河口。素素脫了外衣，朝空包了一包，便說是麥三揚業已裹在裡面了。黎家的人，看不見麥三揚，也聽不到他的聲音，但素素和他竊竊耳語，像是真有其人的樣子。

黎家大宅附近鬨傳著這宗事，人們以為陰世的婚姻，在傳說裡很多，黎素素和麥三揚兩個人魂靈出竅，攜手私奔，可說是駭人聽聞的魂婚，魂靈竟然能生出血肉凡胎，更是不可思議的事，按照常理，根本是說不通的，這還不算，黎素素躺在病床上，人魂相合，已經是活人了，麥三揚的魂魄找不到原有的皮囊，變成了靈鬼，而人鬼之間並無隔閡，過著跟平常人一般的夫妻生活，更是奇中之奇了。

由於打破碗的毒草經常害人，主持博羅縣政的王公，希望民間合力盡除草根，他規定：凡是民間告狀，求縣署理事的人，一定要先拔五十莖打破碗毒草交驗，由縣衙投入烈火，然後才收狀紙。

這樣一來，不到半年的時間，那種開黃花的毒草就已經很難找到了，但後來還是有人投狀，自己找不到，便託樵夫入山去尋覓，以便湊足五十莖的數目，奇怪的是，樵夫都很難找到的毒草，但麥仁和麥義兩個孩子隨意就能找得到，有人嘆說：

「大概老天要他們替父母理屈，替老民除害的罷，山野間再見不著那種毒草，可就再不會有這樣的故事啦！」

莊稼活

北地的莊稼人，每到農忙時節，總嫌人手不夠用，要花錢雇請人來打短工；有些人家懂得計算，家裡的男孩七、八歲就忙著替他訂親，十三、四歲就擇日迎娶過門，媳婦比丈夫大上七、八歲不算稀奇，大上十多歲的也是常見，說穿了，就是要找個年輕力壯的女人回來幹活，那要比花錢僱請短工划算得多。

張莊的張小柱兒，自小就跟同村的李研喜家的閨女訂了親，那閨女名叫細姐，業已長到十七歲了，張小柱兒才十一歲，兩家前後相隔不遠，常常來往，細姐對小柱兒很好，沒事替他做鞋子，納襪底，縫綴衣裳。

村裡有些好事的少年，經常嘲訕小柱兒，說他是沒開叫的小公雞，還不懂得絞著翅膀彈翫（**雄雞求愛狀**）。又有人叫他小猴兒騎大馬，當心顛到床底下。

小柱兒說懂不懂，說不懂又略懂一些兒。他曉得細腰豐臀的李細姐就是自家沒過門的媳婦兒，她成天笑酣酣的，像穿花蝴蝶一般的做著各種活計，擔水、拐磨、踹椎、洗衣；小柱兒的老娘孀居八九年，家裡水缸的水全是細姐擔來的。

小柱兒心眼裡很喜歡細姐，一種說不出緣由的、迷迷糊糊的喜歡，細姐梳一條軟活溜溜的大辮子，一直拖到屁股梢，額前覆著稀瀏海，髮尖梭到眼睫毛上，她望起人來，總是瞇瞇的，好像兩眼也會笑的樣子。

細姐雖說是鄉下姑娘，倒也滿愛打扮的，每當搖鼓貨郎來到村口，她總是要去買些胭脂花粉、牙櫳兒和珠花、彩色的紮髮帶兒之類的東西，那些珠花翠花，她根本捨不得戴，小心放在木匣子裡，但她的鬢角上總愛插一兩朵野花，在晴藍天色的襯映下，鬢花和她紅潤的臉色熠熠生光，看得小柱兒目瞪口呆。

他幾乎每天都能見到細姐，她旋著腰肢替他家擔水來，或是蹲在村口井欄邊，用檮衣棒捶打衣裳；拐磨花盛開的黃昏，她在牆角的石臼邊踹椎，她每次手按在一隻腿的膝頭上，奮力踩動椎木時，渾身都在顫動，她胸脯前好像裝著兩隻活兔，一進一進的想打衣裳裡跳出來。

細姐也真怪，她跟旁人在一起都是有說有笑的，只有在見到小柱兒時，臉就羞紅起來，把頭一低便匆匆走過去，即使正面撞見，和非得說話不可的時辰，她也三句併一句，說得很不自然。

那年夏初，連著下了幾場雨，田地鬆潤，張老孀兒雇工翻耕，打算種點大豆，但家裡缺少豆種，她就對正在玩耍的小柱兒說：

「看你一年年長大了，還像沒轠野馬似的，你帶個糧袋子，到你丈人家，借一斗豆種來好播種。」

小柱兒答允了，拎個糧袋到丈人家。

他沒見著李研喜，只見到細姐一個人，坐在屋裡做針線，她抬眼看見小柱兒站在門口，臉紅一紅說：

「你？你來做什麼啊？」

「我娘叫我來借一斗豆。」小柱兒說。

「哦，是要做種的。」細姐說：「雨後田鬆，該開耕下種了。」

「是啊。」小柱兒說：「不然我怎會來。」

「你坐坐，我倒盅熱茶你吃。」細姐說：「我爹和家裡人也都下田播豆去了，怕沒有多餘的豆子借給你。」

小柱兒坐下喝著熱茶說：

「妳不借給我，田地空著，拿什麼下種呢？」

「我是故意說玩笑的，等我爹回來，再怎樣也要拼湊起一斗豆種給你送過去的。」

當屋裡再沒旁人時，細姐就不像在人前那般羞澀了，也許是小柱兒無意說出的雙關話，挑動了她思春的情懷罷，她兩眼變得濕亮濕亮的，漾出奇異的光采來，一逕盯在小柱兒的臉上斜睨著。

小柱兒想到同村少年對他百般的訕笑，便有一股小公雞想拍翅開叫的氣概打心底朝上湧。

「不興跟我說玩笑話，妳的田地，我也要開耕下種的，妳曉得，我一天天長大啦！」

細姐笑著站起身來，用尖尖的手指戳著小柱兒的額頭，更親暱的偎近他，悄聲說：

「唷，你真的長大啦，說話亂抖翅膀，真像個小丈夫似的，我不信你的犁頭能翻得動沒開耕的土。」

小柱兒也不知怎的，被她髮上刨花兒水的香味引動了，反手勾住細姐的頸子，狠狠地香了她的臉。

細姐並不掙扎，反而緊緊的擁住他，咬住他的耳朵，咭咭咯咯的笑著，帶點嘲謔說：

「小死鬼，真瞧不出你這小不點，你真敢？」

「怎麼不敢，」小柱兒說：「早種早收嘛！」

就這麼相互嘲謔著，擁著糾纏，笑滾到床上去。

細姐平素幹活的力氣大，八爪章魚般的緊纏著小柱兒，餵給他溫潤的唇和軟滑的舌，小柱兒的雙手也插進她的胸口，摸著那兩隻會跳動的活兔。

嗯，這真是一塊沒經開墾的田地，髮的森林，胸的丘谷，任他戲耍著，他的兩邊腰脅間起了兩把熱火，他要學著犁地開耕，做個不被人恥笑的莊稼漢子。

同樣的，細姐更不再那麼溫靜羞澀，像捺雞拔毛般的剝光他的衣裳。小柱兒在她慫恿下，膽子變大了，他認真巴喇的來個依樣畫葫蘆，把細姐攤平，當做一塊田地，用他鐵硬的犁尖幹起開耕播種的莊稼活來。

在他那種毫無經驗的年紀，懂不得許多輕軟省力的竅門，直來直往，也不管細姐喊疼，一逕喊著：「妳說我敢不敢，敢不敢?!」

這場莊稼活幹得他渾身大汗淋漓，把時辰都給忘到一邊去了，完了事之後，細姐仍擁著他，喃喃說了些纏綿難懂的話，但小柱兒清醒過來，瞧瞧映窗的太陽影子，恐慌的說：

「不好啦，我老娘叫我來借豆種；借了老半天，我得回去回她的話啦！」

「柱兒哥，」細姐說：「無論怎麼說，我把什麼都給了你啦，你曉得，同村那些男人，油嘴滑舌慣了，你可不能隨意講出去，朝後叫我不好做人。」

「這種事，我怎會亂講。」小柱兒說。

「你年紀太小，講了怕也沒人信。」細姐說：「你上身的小褂子要留給我，壓在箱底做證物。」

「奇怪，妳要證物幹什麼啦？」

「萬一，萬一我要有了身孕，家裡逼問，我便拿出證物，說種是你播的，我原是你張家的人，人們也許會笑話，但總不會辱及門風啊！」

「天啦，借豆沒借著，妳再脫掉我小褂子，我可怎麼回家？」

「人家不管啦，」細姐撒起嬌來：「人家就是要你小褂子嘛！」

不管小柱兒心裡慌亂，細姐硬把他上身小褂子摺起來，收進箱子。小柱兒穿妥褲子，上身精赤著，又怕有人進屋來，他便一溜煙跑出那屋子。

他非但沒借到豆種，連糧口袋也丟到細姐家的長凳上忘了拿，他怎麼會像做夢一樣，和細姐做了那種大人才會做的事？老娘問起來，叫他怎樣開口說呢?!

他不敢回家，抱著精赤的膀子，鑽到茂密的禾田裡去，拚命的跑著跑著，他要奔得離家遠一些，沒有熟悉的人見著，再定下心神，好好的想一想。

他在青禾叢裡，惶惶然的跑了十來里地，一心紛亂空茫，好像犯了滔天大罪，不久前那種床榻纏綿的快感早已消失無蹤了。

也不知過了幾個時辰，他走出青禾叢，來到南來北往的官道上，太陽當頭烤著，他又餓又渴，滿頭的大汗。官道是行商客旅的通衢，不時見到商客們，推車的、挑擔的、結隊趕早的。

有個滿臉絡腮鬍子的商客，頭戴寬邊竹笠，趕著三、四匹壯健的走騾，正打南邊朝北走。

小柱兒像著了魔似的，也跟著那些騾群朝北走，他上身精赤，業已被日頭烤得火辣辣的作痛，肚裡飢，口裡渴，身上連半個迸子兒（即銅板）也沒有，光是急得想哭。

那個多髯的商客逐漸注意起他來。

「娃娃，你哪裡去啊？」他說：「這種熱天，你赤著胳膊趕路，豈不會曬塌皮嗎？」

「老爹，我是摸迷路了。」小柱兒說。

「你家在哪嘿？要不要我送你回去？」

小柱兒一聽，心更發慌了，他要敢回去，就不會這麼受苦啦，於是他打謊說：

「我爹早死了，我媽是個乞婆，定歸把我扔掉啦！」

「嗨，可憐的娃子家。」多髯的客商說：「我取件衣裳給你披著，你就幫我趕牲口罷！」

客商姓楊，是豫東人，當天投宿在一個鎮上的客棧裡，替小柱兒買了衣裳鞋襪，讓他吃得飽飽的，又問他好些話，小柱兒業已打謊在先，只有圓謊圓到底，句句都說得可憐兮兮的。

客商嘆了口氣，說他也是個孤兒，這些年南北負販經商，行止不定，也還沒有成家，他看小柱兒應對還算靈巧，就對他說：

「娃娃，你既無家可歸，莫如就跟著我，學學做生意，那要比你沿門討乞好得多，打今兒起，我收你做義子，你就改口叫我爹罷！」

小柱兒心想，細姐她真有幫夫運，剛跟她好過，轉眼可就遇上貴人了。若不是情急逃家，一輩子蹲在鄉角落裡，抹牛尾巴踩大糞，也不會有啥發達，倒不如叩頭認了這個乾爹，誠心跟他學做負販生意，日後混得有模有樣，鮮衣大馬的回轉家門，再把細姐給娶回來，也該讓她享享福，自己這做丈夫的，才不會愧對她。

「你覺得怎樣啊，娃娃？」

「沒得說，乾爹在上，孩兒這就叩頭在地啦！」必恭必敬的三個響頭，可把楊鬍子樂壞了，從那天起，偷嘗了禁果的張小柱兒，就跟著楊鬍子去了山東、河北各地啦！

細姐這邊，情形弄得很糟，晌午過後，張老孀兒找的來，問起早上過來借豆的小柱兒，她說：

「這孩子，平素也老老實實的，要他辦緊要的事，他卻替我出簍子，雇工在田裡等，他的人卻一直不回，不知他來過沒有？」

「來過啊，」細姐對未來的婆婆說：「他的糧口袋還忘在長凳上呢！他說要借一斗豆種，我家也正在犁地播種，一時沒豆種借，等我爹回來，想法篩上一斗，給妳送的去，他說他先回家，走了一晌時了。」

「嗨，孩子心野，不知到哪兒耍去了？」

但天黑掌燈後，張老孀兒惶急的跑來，說是小柱兒還沒見人影，敢情是失蹤了。細姐她爹也著了急，這多年來，村上從沒有人失蹤的。他吆喝了許多村人，打著燈籠火把，又喊又叫的找了整夜，根本也沒見著人影兒。

一個十一、二歲的男孩，能跑到哪兒去呢？連著幾天沒見人回來，大夥都覺得事情嚴重了，有人認為：也許是遇著拍花黨、老拐子，把他拐騙去了；有人認為：或許是天熱下河游水，遇著什麼意外了……張老嬸兒哭得天昏地暗，倒在床上，細姐趕過去服侍她，她也沒敢把她和小柱兒上床，脫了他小褂子的事告訴她。

說來也就那麼巧，小柱兒失蹤不到兩個月，細姐忽然覺得渾身都不對勁了，她的眉毛鬆，奶子散，腰肢沉重，打骨頭縫裡溢出一份慵懶來；逐漸的，她老覺作嘔，喜歡吃酸的東西，她的月事也停了。

細姐的心十分惶恐慌亂，在這種民風保守的鄉窩裡，一個沒出嫁的姑娘家，居然有了身孕，這可是有辱門風的大事，她想掩飾，但這種事情是掩飾不住的，當她肚皮逐漸隆起的時刻，村裡的人就竊竊私議起來。

「細姐不該配給小柱兒的，一個細細腰肢，大大奶膀的閨女，小丈夫又失蹤了，她不知跟誰有情，竟然偷了漢子，叫人下了種啦！」

「不知是哪個偷了腥，是他還是你啊？」

這些蜚短流長的言語，傳到李研喜夫妻的耳朵裡，夫妻倆氣得臉色焦黃，回來逼罵閨女說：

「妳這濫賣風騷的賤貨，家人的臉全給妳丟盡了，小柱兒失蹤不久，妳竟偷了漢子，種下野種來，日後跟張家怎麼交代？妳最好拿根繩吊死，或是投河自盡算了！」

「孩子不是野種，」細姐哭說：「是小柱兒的。」

「笑話，」李研喜冷笑說：「一棍打死我，我也不會相信，小柱兒一個把抓大的娃子，他會懂得開耕下種?!妳把天下人都當成白癡？」

「你們不信，自有人信，」細姐說：「事到如今，我只有跟張老孀兒去說了。」

細姐打開箱子，取出摺妥的小柱兒的小褂子，一逕跑去張老孀家，把小柱兒來借豆種的那一天，他是怎樣怎樣的事，全跟老孀兒抖露出來，並且把小褂遞上，讓老孀兒察看是不是小柱兒的。

張老孀兒失去獨子，原是傷心欲絕，如今知道是這回事，不禁轉悲為喜，認為老天佑護，讓她能有後世根苗，她高興的說：

「細姐，妳跟小柱兒上床，他原是妳訂了親的丈夫，這並不是見不得人的事，由我替妳做主。」

「婆婆，」細姐改口說：「我跟小柱兒雖沒拜堂，也是張家的人了！打今兒起，我就搬過來伺候妳，和妳一起住，我們等小柱兒回來。」

「好啊好啊，一切由我跟妳父母去說好啦！」

張老孀兒既然認了這本賬，旁人當然也就沒話好說，雖然沒有新郎，張家仍按正式迎娶的禮數，雇了一頂彩轎，爆竹喧天的把個懷了身孕的細姐娶進門來。

細姐進門，無微不至的對待婆婆，她發誓要撫養孩子，等待做丈夫的小柱兒回來。

「我想，有朝一日，他一定會回來的。」她是這麼的堅信著。

十月臨盆，細姐產下了一個男嬰，那男嬰的長相，倒真像是小柱兒，同村的人當面不好說什麼，背後難免都在猜疑，——一個十一、二歲的娃子，真能有傳宗接代的本領嗎？

不過，這嬰兒是不是小柱兒的骨血，業已不關緊要了，做奶奶的張老嬸兒喜歡得不得了，幾乎是啣在嘴裡疼愛著。

李研喜為了女兒的幸福，也託了不少人四處打聽，想打聽出小柱兒的消息，但總是像石沉大海，逐漸的，他們也不再抱有什麼希望了，細姐卻是一條腸子通到底，她恁情守活寡，也要做張家的賢德媳婦，把小柱兒留下的骨血給拉拔大。

嬰兒的乳名叫豆豆，是細姐自己取的，顧名思義，就因小柱兒去她家借豆種，才會有了他的。學名是找村口的孫老塾師替他取的，叫做張幼生，那意思，有點兒暗自嘲諷他爸爸年紀太輕就懂得生孩子。不過，細姐並不懂得這層意思，還封了個紅包，拎了一隻雞和兩瓶老酒去謝孫老塾師呢！

春耕夏作秋收冬藏的日子，沒波沒浪的過著，小柱兒仍然杳無音訊，豆豆轉眼已經七、八歲了，做祖母的張老孀兒也替他先訂了親，那是東王家沙莊王正儒的閨女。

王正儒在當地算是富家，本人也讀書識字，有些文墨根柢，他在家裡設有家塾，請了個塾師來，教他子女讀書，豆豆和他幼女訂親後，王正儒認為做王家女婿，要是目不識丁，有損王家的顏面，就跟張老孀兒說妥，把豆豆接到王家沙莊去，住在未來岳丈家裡讀書。

誰知道讀書讀了三年，豆豆也跟他爹一樣，跟他未來的妻子私通款曲，把個肚皮弄大了。起先，王家為了顏面，還把事情瞞著，但旁的事情都好瞞，惟有這宗事瞞不得，王正儒把豆豆送回張家，跟老孀兒和細姐提起，要張家趕急定日子迎娶。

兩個小的起初瞞得很緊，等到王家媽媽瞧出蹊蹺，業已三、四個月，做父母的詰問拖延，又幫著隱瞞兩、三個月，那就六、七個月了，腹隆如鼓，跑到張家來，商議著挑日子。

王家當然是個急驚風，希望越快越好，但張老孀兒卻另有顧慮，她看出初嘗禁果的豆豆，羞澀不安，怕他被逼得過緊了，也會學著他爹那樣逃之夭夭。

「既然有了這種事，我得先把豆豆團哄住，把日子再朝後延上一延。」張老孀兒說：「是豆豆下的種，我們就不怕人家笑話。」

就這麼一延再延，延到新娘腹大如鼓才上花轎，鼓樂喧天的從王家沙莊一路吹打到張莊來。也許轎子顛簸，新娘竟然在轎子裡產下娃娃來，送親的王家人覺得太沒面子，打算回轎，張家由細姐領著小新郎來接轎，急忙止住說：

「咱們家豆豆人小鬼大，替我生了孫子，正是雙喜臨門，用不著回轎，另生枝節了，別人笑話，只是增添喜氣，有什麼不好?!」

有了喜奶奶出面承應，花轎就抬進門啦，做伴娘的還沒扶新娘下轎呢，就先扯開嗓子，要張家趕急去找穩婆。

幸好穩婆也是來吃喜酒的，掀轎門簾子，先拎出一個精赤得像紅蝦似的小嬰兒，在屁股上用力連拍三巴掌，那嬰兒便哇哇呀呀的啼哭起來了。

「在花轎裡生兒子，該寫進今古奇觀啦！」

「這可是老子英雄兒好漢呀！」

「人說開門喜，是講進門得孕，還要熬上十個月呢，」穩婆抱了孩子給大夥兒看說：「張老嬸好福氣，孫媳婦一進門，她就當了太婆婆啦！」

伴娘把新娘扶出轎來，大夥兒拍手打掌的哄鬧著，正在這當兒，村外來了一群壯健的走騾和駝馬，一個戴帚笠帽的年輕漢子趕著牠們，來到張家的門口。

「是誰在娶新娘啊？」那人問說。

「是豆豆啦！」

「誰又是豆豆呢？」

「哎喲，你趕著牲口，敢情是外地來的，豆豆是張小柱兒的兒子，他媽是李家細姐。」

「老大娘，妳認不認得我是誰？我就是離家十多年的小柱兒呀！」

那位答話的老大娘瞇起眼，仔細一瞧，便大驚小怪的叫說：

「鄰居們快來瞧是誰回來啦！老天，竟是失蹤多年的小柱兒呢！」

她這一嚷嚷，張老嬸兒和細姐全都跑出來了。

不錯，那人確是張小柱兒，別後這許多年，他長得高大健壯了，雖說僕僕風塵，但帶了這許多牲口，像是在外面混發了。

小柱兒首先跪下，向張老嬸兒叩頭，哭得眼淚鼻涕。老嬸兒也哭得唏哩嘩啦，分不清是真是夢，細姐兩眼紅濕濕的，一逕口咬著指頭，忽地轉身跑進屋去了。

「怎麼，細姐住在咱們家？」

「問你啊，」做母親的說：「你播了種，撒手不管了，細姐拿了你小褂子，向我說明原委，來家生了豆豆，豆豆如今學你的樣，又讓王家閨女把兒子生在花轎裡，你一回家，就做了祖父啦！」

「真是做夢也沒想到，我該拜謝細姐才是。」小柱兒說：「細姐她人呢？」

「還說哩，你跟她還沒拜堂成親，她回房把門給關上啦！」

「哎呀，小柱兒已經回來，人在眼前，拜堂成親還不簡單，」隔壁老嬸婆說：「揀日不如撞日，就讓他們兩個，和兒子媳婦一起拜堂，豈不是喜上加喜，更加熱鬧嗎？」

張老孀兒撿回兒子，細姐有了丈夫，兩人的兒子豆豆娶了媳婦，媳婦在花轎裡又生了個白胖小廝，這本賬算來可長著啦！四鄉的人聽到這消息，都趕來送禮道賀。道賀是假，看熱鬧是真。

孫老塾師是賀客之一，張老孀兒請他替重孫取名字，孫老塾師說：「他是在轎子裡生的，正名就叫張轎生好了，至於乳名，可稱做：笑話，——與其讓旁人笑，不如你們全家在逗他玩的時候先笑啦！」

笑話確實是逗人笑的奶娃兒，至於他長大後，又會幹出什麼活計來，那可就不知道了。

方外

古老的玄女廟曾經輝煌過，無論是廟宇的規模和建築的氣勢，在這種窮荒冷僻的角落都是少見的，走過玄女廟荒路的人，都能從層層疊壓的殿脊上摹想它輝煌的往昔，它繁盛的香火，和四方潮湧而來的頂禮膜拜的人群，它無數的僧眾和日夕高誦的梵音。

但那都是久遠之前的事了。

如今的玄女廟，像個聳肩搖膀子的窮措大，面子多，裏子少，處處補釘，處處窟窿，顯出一股子荒涼頹圮，冷寂蕭條的味道。

「嗨，玄女廟敗落了！」

「可不是……這麼一座古廟，終天難見人影兒，連一窩和尚都養不住。九天玄女斷了香煙，只怕也餓得不願臨凡了吧！」

過路的兩個漢子，放下擔子，坐在廟前荒路邊的臥牛石上歇腳，手指著玄女廟，閒閒的談論著。

「一座早年滿興旺的大廟，好端端怎會敗落的呢？問話的漢子把眉心汗勒兒（棉製，趕長途的商販戴之，用以阻止汗水流入眼中，為北方常見的物件兒。）推到額頂上，又取出繫在腰間的白毛巾抹汗。秋蟬在繞寺的古木上啞啞的鳴噪著。

「你沒聽人說過那條巨蛇嗎？」另一個坐在擔子中間的毛竹扁擔上，猛吸著葉子煙，提到蛇，便有意無意的眏著眼，帶著一股子神秘的意味。

「我只聽說廟裏當家的老和尚法廣，愛吸幾口這個……」他勒住話頭，比了個鴉片煙槍的手勢，並且滋呀滋呀的嘟著嘴唇，朝空吸了幾口。

「嗨，那是另一回事。」那個捏著煙桿兒的辯說：「誰也沒見著老和尚吸鴉片。」

「他賣掉廟產沒修廟，廟後又點種了四畝鴉片是沒錯兒的，他既不吸，敢情是做煙土生意？」先前說話的傢伙放大了喉嚨：「至於什麼蛇，我可沒聽人說過了！」

「廟裏不是有口六角井嗎？……在二道院子邊的梧桐樹底下。」吸煙的磕掉煙灰，又稍停的裝上一袋。橫直天色還早，多歇會兒擺龍門也是宗樂事兒。

「嗯！不錯，不錯！」對方只那麼提了個頭，抹汗的就被撩起興致來了：「早年我跟我爹趕這條荒路，還去那井邊找和尚討過水喝呢！」

「後來，那口水井卻涸了！」

「涸了？」

「那條巨蛇就盤在那口涸井裏，反而常伸頭出來，到那邊的澗裏喝水。」吸煙的慢吞吞的說，半閉著兩眼，彷彿在講述遙遠的故事。

「瞎侃空！」抹汗的摺起汗巾當扇兒搧，不信的搖著頭：「這兒到澗邊怕沒幾十丈？那兒有這麼大的巨蛇？那不該成龍了麼？」

「不由你不信，廟裏好些和尚都說他們親眼看見的。」半瞇著的兩眼猛然一睜，若有其事的氣氛便從那種駭異的眼神裏潺潺流溢出來：

「那晚，月亮光光的，能在地上撿得花針，一個近視眼的和尚出來小解，就見一地斑斑點點，還當是梧桐樹的影子，……他趿著僧鞋，踢躂躂的走過去，一絆一個大筋斗，磕掉了兩隻門牙！」

對面那個聽呆了，半張著嘴，凝固著嗯嗯的表情，thonk口涎垂掛在嘴角。好新奇的事兒，可不是？管它真的假的，權當個故事聽也是好的。

「……『什麼鬼東西？』和尚說。爬起身，轉過頭，伸手去一摸，我的皇天菩薩，滑滑涼涼的一片鱗甲，他嚇得軟了兩腿，不能跑，只能爬……」

「他爬回去推醒兩個小和尚，告訴他遇上巨蛇的事，舌頭嚇短了半截兒，連字也咬不清，小和尚迷迷盹盹的，只管搖著葫蘆頭，不肯相信。」

那個聽迷了，口涎落在手背上，也不去擦。

說話的把煙管吸得絲絲響，一副更加得意的樣子。

「後來麼？……驚動好些和尚，都推門出來瞧，哇！那條萬年巨蟒，頭在山澗裏喝水，肚子壓在廟牆上，一截兒尾巴，仍在井口裏嵌著……」

故事講得那麼縹緲，那麼浮誇，和許多流布在鄉野上的荒誕傳言沒有什麼兩樣，聽話的從沉迷中醒轉，依然回復不信的神情，反問說：

「就算有這麼一條蛇罷，跟這座廟宇的敗落有什麼相干呢？」

「沒什麼相干？」叨煙桿的漢子說：「玄女廟鬧蛇的事情傳揚開

去，誰還敢到這兒來進香拜廟？……傳說那巨蛇身在井底，只消昂頭吸口氣，飛鳥和蝙蝠就朝井底下栽，這麼大的一條蟒蛇，要真是開了殺戒，吞起人來，可不就像蛤蟆吞蟲一樣？……後來，眾和尚推了老和尚法廣出面，跟十方的善男信女說：蛇是有的，但不是一般的惡蟒，是九天玄女馴養的潛龍，經佛法鎮著，不會無端傷人……可惜人們還是怕，廟麼，也就這樣的敗落了！」

對方沉默著，秋蟬仍在古木叢鳴噪。

遠遠的山嶺沿著西斜的太陽，好一片荒曠的秋色秋情。

在這種荒僻的大山窩兒裏，一切荒誕的傳言，聽來總有幾分可信，經過這兒的商販，都是川、康、滇邊遠地區的勞苦人，沒有幾個是念得書、寫得字的，他們單純迷信的腦子裏，最易裝進這種帶著原始風味的傳言了。……說是荒誕不經麼？傳講的人可沒那認真過，只不過是拿它打發長途的寂寞罷了！

這些傳言是阻遏不住的，好像一串兒九連環，一環扣著一環，一經撞擊，便交響出千百種不同的叮噹。

兩個漢子在閒談中歇了一陣兒，挑起擔子，走了。

粗糙的繩結磨著毛竹扁擔的兩頭，吱吱唷唷的響著，撐不住的斜陽跌落在古木的尖梢上，彷彿被那些錐形的尖梢戳破了，轉成滴血的殷紅。

圮落的玄女廟在殘陽荒草裏撐著，老和尚法廣也像那座圮落的古廟一樣，苦苦的撐持著。他知道那些流言是怎樣興起來的，他也知道那些流言的根源。

不錯，廟裏梧桐樹下，確有那麼一口六角井，若說是井裏有巨蛇，那全是假的；玄女廟敗落，不是為著蛇，只是為著自己這口老癮。

本來，在這一帶地方，民間吸食鴉片的風氣極盛，有口癮並不算什麼，只怪自己是出家人，又是個住持，住持老和尚吸鴉片，傳出去當然影響玄女廟的名聲。

玄女廟雖是座古老的大廟，算來也只能比做空心大老倌——外強中乾，廟宇建在荒落的大山窩兒裏，附近的一點兒廟產貧瘠不堪，一片滾滾的亂石頭，每年收的，只夠維持廟堂的香油，廟大僧多，穿吃用度，全靠諸弟子出門向十方募化，拿募得的錢修牆補瓦，買柴添米，眾和尚沒有話說，若拿它購買煙土，供自己吞雲吐霧，久而久之，閒話就多了。

「這又何苦來?與其花錢讓老和尚噴煙，不如雲遊在外，吃十方去算了。」

「往外方廟裏掛單，也是一樣。」

「廟呢?」

「玄女廟麼，留給老和尚一個去維持吧，把廟產典當光了，他總不能拆廟去吸煙，把菩薩供在露天?」

這些閒話，自己也都聽過。其實自己這口癮，並耗不了多少錢，為了免閒話，也沒當眾吸食過鴉片。

方丈後面，造著一座經樓，樓上是藏經閣，樓下四面無窗，自己就在那兒設有打坐的禪榻。每回吸煙，都是藉靜坐為由，關起門行事的，除了兩個心腹小沙彌，沒有旁人親眼見過自己拿過煙。

照理說，自己存心這樣避著人，業已替玄女廟顧全體面了，他們還是流言蜚語，似乎就有些過分。要雲遊、要掛單，就由他們去吧；閒話傳出不久，他們真的紛紛藉詞離了廟。

只有廣清，是執事僧裏向著自己的人。

癡肥的廣清是個近視眼，大字的佛經懶得看，整天手不釋卷的捧閒書，尤獨愛看野狐禪，比如聊齋那一類的，廟裏鬧蛇那宗事兒，就是他想出來的哈迷蚩主意。玄女廟今天敗落成這個樣兒，全是坑在他的歪主意上。

邪師出歪徒，簡直甭提了！

斜斜的一方殘陽，照在方丈的東壁上，空盪的牆壁久未粉刷，白粉變成灰暗蒼黃，那經得殘照塗染，越發黃得像害了大病，屋角破瓦沒修，使牆壁上端倒垂下條條雨跡，以昏花老眼望著它們，望久了，就會覺得那些雨跡擴大、擴大，更一條一條的扭動起來，真的變成凌空飛舞的怪蛇了！

這逼得他想歪身到煙榻上去，用幾個煙泡兒驅散心頭的那片陰影。

「廣倫，」他叫著小沙彌說：「把剩下的土給熬一熬，煙燈點上。」

那個叫廣倫的小和尚，到「禪房」去轉了個圈兒，苦著臉出來說：「師父，那方生土（**沒經熬煉的煙土**。）不知弄到哪兒去了?!」

「怎麼?你說?!」老和尚法廣大翻著眼睛。

「那方生土不知弄到哪兒去了?」廣倫囁囁地重複著：「昨晚還放在您床頭，用油紙包裹著的。」

一口癮犯上來，老和尚法廣連吼叫也沒有精神了，捺著性子，吸了口口涎說：「真是粗心，好好的一方煙土能丟到哪兒去?你各處找過了沒有?」

「全找過了，包煙土的油紙掛在樓板縫裏，煙土卻沒了。」小和尚說：「怕是老鼠拖的去了。」

法廣皺著眉頭，哪兒來的這麼個拖煙的土老鼠?!他喃喃的詛咒著，吩咐小和尚把煙槍和煙燈剷一剷，權且用剷上的煙垢燒一個煙泡兒，過了癮再說。

小和尚應著去張羅。

老法廣拖著疲憊的身子，歪倒在那張吸煙的禪榻上。

外面的天，也許黑下來了，那盞綠陰陰的八角琉璃煙燈，一隻怪異的貓眼似的亮著；多年沒修葺的經樓也破敗不堪了，牆壁上裂了好些大縫，壁角上蛛網密布，好些灰褐色的壁虎兒，在裂縫邊追逐著。

他不能不懷恨那個近視眼的胖和尚廣清，捏造出那種井底巨蛇的故事，把玄女廟逼至水盡山窮的地步。那明明是他從聊齋的故事裏套來的。

最令人悔恨的是自己竟受了他的騙，以為遠近民間所說廟裏「潛龍」出現，會車水馬龍的趕來拜廟進香，稱頌靈異呢！誰知道廣清這是兜圈兒坑陷自己，讓玄女廟就此敗落下去，他卻慫恿著另一批和尚走了。

如今，玄女廟真的變成了一座空廟，連自己這個住持在內，一共只有七個和尚，一個眇目僧管燒火，一個拐腳僧管看門，兩個老朽的和尚管佛堂，兩個小沙彌管方丈，外帶撞鐘。前後五進佛殿，倒有四進空廢無人，成千的野鼠，成千的蝙蝠盤踞其中，庭前階上，遍生著高可及膝的蒿草……看與不看，都夠傷心的了。

小和尚廣倫不知何時已把煙泡兒燒妥，掩起門退出去了。這間悶黑的「禪房」裏，只剩下自己一個人。用得著耗費心神想那麼多麼?先吸了這個泡兒再說吧!

法廣順起煙槍，捏起煙籤兒，正準備裝上那個煙泡兒吸食，忽然又怔忡著，把它放了下來。……假如玄女廟再沒有進香施捨的客，眼看就沒有再買煙土的餘錢了。那麼，自己這口老癮，豈不是要叫掐斷了麼?那麼，眼前的這個煙泡兒，豈不是最後一個煙泡兒了麼?

戒掉它!戒掉它!……一個空空洞洞的聲音在響著，彷彿在波浪上飄浮著。

但立即又搖了搖頭，抗拒了那種念頭。

自己是上七十的人了，吸這口煙，前後也有了四十年左右，若能發狠戒掉它，早該戒絕了，也不致把玄女廟拖到這步田地，如今，眼看就要圓寂了，還忍心讓自己活受那種辛割般的戒煙熬癮的苦麼?……哪怕吸完這個泡兒就死呢，也是宗樂事啊!

嗨，壞事全壞在那條莫須有的巨蛇身上。

假如真有那麼一條巨蛇，而自己又有能為降服住牠，恁遠近香客們放心觀賞，那未嘗不是個好辦法，可惜了！可不是？

早年不是聽人說：長江岸邊有座古廟，廟老方丈是個有佛法的人，他馴養了一條比廟前石柱還粗的大蟒，一隻比柳斗還大的蛤蟆，而那座廟並沒敗落。……只要你真的能馴伏牠，顯了你降龍伏虎的能耐，不怕信徒們不來……

唉，法廣，法廣，你可是那種有佛法的人嗎？你只是一槍在手的光頭老煙鬼罷了！年紀老了走霉運，連一口癮也維持不下了，還窮極生瘋的作那些非非之想麼？

自個兒抑抑了一陣，忽然一抬眼，看見那一疊原是包裹煙土的汕紙，正如小徒廣倫所說的，仍掛在頭頂上的樓板縫間，無風自動的在那兒窸窣著。

「倒楣的鼠子！」老和尚法廣埋怨著，彷佛是跟老鼠說話：「你不知道，生煙土雖有花生的味道，卻不能吞的，你要尋死，何不跳進佛燈去偷油，舒舒服服的脹死？吃煙土，死得難受不說，卻害苦了我老和尚沒煙吸了，這不是坑人……又……害己麼？」

說著，又打算伸手去抓煙槍。

恰在這時候，驚天動地的變怪發生了。

既不是起蛟水，又不是鬧山崩，自己就覺得整個經樓都在震動著。不知是木魅還是山魑？總有什麼樣的一個巨大的怪物，在頭頂的藏經閣上興波作浪，樓板上邊，咚咚咚咚的被重物敲擊著，敲擊得那麼凶狠，連支柱、門框和整個牆壁都抖動起來。

那該是一支閃電的鞭子，一連串的抽擊，使一角樓板帶著無數塵埃，嘩啷一聲崩塌下來，緊接著，藏經閣上的門飛窗裂，那些長年深鎖的大乘經的經櫃也傾倒了，經書從樓板崩塌之處飛下來，禪房各處都飛著霧一樣的塵埃。

「啊……啊……」老和尚法廣驚軟了腿，甭說跑，連爬都爬不動了。禪榻也抖動著，那盞八角琉璃煙燈，焰舌或明或滅，彷彿遇上了狂風。

老和尚法廣蜷縮在榻上，雙手護著他的光腦袋，渾身像篩糠似的大抖大戰，上下牙嗑得格格響，他原想大聲喚來廣倫的，誰知啊了一陣，不聽話的牙齒竟咬破了舌頭，而且連自己要叫喚誰也給忘了。

藏經閣上的這番動靜，把外面的幾個和尚都驚動了，老和尚法廣聽得見他們的駭叫。

「蟒蛇！」

「菩薩，真的是蟒蛇！」

喊聲還沒落下去，老和尚法廣就聽見轟隆隆的一陣巨響，彷彿是藏經樓的簷柱崩塌了。而他，也就手捏著煙槍，嚇昏了過去……

「到玄女廟看蟒蛇去啊！」

「聽說就是多年前六角井的那一條，牠擅自進了藏經閣，毀了佛經，叫廟裏的法廣老和尚使法擊昏了！」

這消息由往來的過路人傳揚開去，遠近湧來了不少看熱鬧的人，一個個都稱讚九天玄女的靈異，欽服老和尚法廣的無上佛法，要不然，就憑這條數丈來長，柳斗粗細的噬人大蟒，那是幾個老弱和尚能伏得住的？

秋陽照在崩圮了一角的藏經樓上，那條大蟒蛇肚腹朝上，仰躺在經樓下的蔓草叢中，牠不是昏厥，而是死了！

牠死前曾經有過痛苦的、狂亂的掙扎，牠斑斑如錦的紅雲般的鱗甲上，有好些處磚瓦迸擊的傷痕；牠的口半張著，口側拖垂著腥臭的黏涎。

消息輾轉相傳著，進香拜廟的愈來愈多，使這座敗落了多年的古廟，又恢復了往昔的興隆了。

「老方丈，你究竟怎樣除掉這條大蟒的？」

有人這樣好奇的追問著。

「阿彌陀佛！」老和尚法廣若有其事的雙手合十，高宣著佛號說：「這不是蟒，這正如老僧早年所說的，是一條依律當斬，犯了天譴的孽龍。九天玄女保了牠的命，把牠鎮在井底潛修，誰知牠不守法度，潛上藏經閣，毀了佛經，叫護法韋陀使降魔杵打殺了，……這是果報。」

無論如何，廟宇又興旺起來了，這口老癮再也不會斷絕了。

老和尚法廣尋思著！這條巨大的蟒蛇從哪兒來的，自己並不知道，不過牠的死因，自己卻十分清楚，當然，牠壓根兒不是死於護法韋陀的降魔杵，而是牠偷吃了那一方生煙土。

但他不能不這樣的圓謊，一方面是為玄女廟添名聲，一方面是希望廟宇興隆了，自己好多過一過這口鴉片老癮。

而好奇的信徒們並不就此作罷，又提出一項疑問說了：「我說，老方丈，像這樣的巨蟒，通常都是一公一母有兩條的，這一條死了，那一條只怕就藏在廟子附近吧？」

老和尚法廣一聽這話，不由脊背發毛，格楞楞的打了個寒噤，不過大話已說在前面，不能不硬著頭皮掩飾說：

「施主千萬甭擔心這個，甭說這是佛地，佛法無邊，一切妖魔鬼怪不敢亂動，就憑老僧我數十年的修為，伏住這樣幾條巨蟒，倒也不算什麼。」

這能算是自誇？說這話時，老和尚法廣真有那麼一絲得意的感覺，……我這點修為不是什麼佛法，只是一方生煙土罷了，我若是多備幾方生煙土，那還怕什麼巨蟒！

可是，轉念想及前夜的光景，卻又不能不心驚膽戰，自己嚇暈了還算好的，如果崩塌的樓板和土石正壓著自己，那還會有命麼？

菩薩保佑！千萬……保佑。他心底下戰戰兢兢的求禱說：玄女廟業已叫這條蟒鬧夠了，用不著再來一條了。

然而，他的求禱一點兒也不靈，就在他求禱過後的第二夜晚，他一個人躲在禪房裏抽煙的時刻，怪異的變故又發生了。

變故發生前，老和尚法廣確有著心滿意足的心境。不是嗎？那個近視眼耍心術的胖和尚廣清，不滿自己吸鴉片，存心弄出聳人聽聞的巨蛇來，恁玄女廟在人們驚疑駭懼的傳聞中敗落下去，他卻慫恿一批和尚離開了。

廣清做夢也不會想到，自己的一方生煙土，竟然真的毒殺了這麼一條大蟒，召回玄女廟失落的名聲，使多年荒落的古廟，又回到當年香煙鼎盛的局面呢？

那批雲遊不返的和尚，該是天生的飢寒勞碌命，長年托缽募化的日子，一忽兒飽來一忽兒飢，胖和尚也該餓成瘦和尚了！

荒冷日子過慣了，一旦香火費大增，沒道理不心滿意足了，早上從過路的煙販手上買了幾封成色極好的雲貴煙土，化了一方在煙罐兒裏升火熬煮著，這分沁人心肺的濃香，真要使人三參九叩，大宣佛號，高誦者：善哉！善哉了！

朝後把錢多聚些兒，也得把殿堂給裝修裝修，老和尚法廣一面燒著煙泡兒，一面反覆盤算著：山門要整得冠冕堂皇，六角井呢，得改名叫「降龍井」，井旁還要立石，請巧手石匠刻上「法廣降龍」的事蹟！

叫孽龍捲毀的藏經閣呢，就不必再修了，讓上廟進香的看看也好，至於藏經，該另建一座藏經閣，要那些雲遊不返的苦和尚知道，法廣我除了愛吸幾口鴉片之外，還有一番不算平常的能為，就是沒有他們相助，照樣一手把敗落的玄女廟重新興旺起來。

他想到得意處，便順過煙槍兒，吸起煙來。

煙油在煙槍裏走，發出一陣吱吱的尖叫聲，白色的濃香，從他的鼻孔裏直噴出來，在八角煙燈的綠光上浮遊，彷彿是兩條游舞的蛇。

蛇！蛇！蛇！

老和尚望著那兩條蛇形的煙霧，嘴角不禁泛起一縷得意的笑來，嘿嘿，不錯，這方土，這口煙，都是那條巨蛇幫忙換來的，要不是蛇，自己也許早已熬癮熬斷了氣了！不過——不過……他忽然又疑惑起來？

蛇這玩意是食肉食活物的，尤其是這般巨蟒，在山裏，牠可吞可食的活物多得很，野鼠、山雞、兔子、飛鳥、蝙蝠，沒有什麼牠不能吃，秋天活物太多，牠絕不致餓著肚皮！

那，牠怎會跑到藏經閣來，偷吞自己這方煙土的呀？

這麼說來，可不是連自己也難以相信的奇聞麼？

他這樣追索著，愈想愈迷惑不解，便皺起眉頭，專心一意的吸起煙來。……兩條蛇煙噴自鼻孔，忽又令他疑懼不安起來。

不錯，在這荒落的山區裏，一向都這麼傳講的，說是巨蟒出沒，大都作對成雙，若有一條遭逢意外，另一條自會在幾天之內在同一地點出現，替牠死去的伴侶報仇！菩薩，假如傳言是真的，那，廟裏這幾個和尚，連自己在內，都免不了要葬身蟒腹了，……就算巨蟒信佛，牠也是不吃齋的呀！

誰能保險牠再吞煙土呢?天底下的巧事多半只有一回，若是一而再、再而三，那就不能算是巧事了!

嘎?藏經閣上怎麼窸窸窣窣的，壓得樓板吱格有聲，不好，誰從樓梯上跌下來了?老和尚法廣驚訝的回手抹著胸脯，又側耳諦聽了一陣兒，他沒有再聽見旁的動靜，只有秋風拂樹，落葉旋遁的聲音。

我真也太多心了!他心裏自語著。

吱呀一聲門響，老和尚法廣並沒回頭，他以為是小和尚廣倫進來了。

「熬好了這罐煙土，替我換壺茶在火爐上煮著!」他捻著煙籤兒說:「沒旁的事，你就先去睡吧!」

沒人回答他。脊背後的門沒關上，尖尖的夜風吹在他的背上，有些刺骨的陰冷。

「替我把門給帶上!」他用吩咐的腔調說。

仍然沒有人回答他。

他忽然覺得禪房裏的空氣有些異樣，超常的死寂還不算，在風裏，儘管有煮鴉片的濃香，也壓不住一股怪異的、使人欲嘔的鱗甲類的腥臭味，更忽然地，他舉起煙槍的手僵住了。

雖然沒有回頭，他已藉著煙燈的綠光，在他臉朝著的東壁上，看見了什麼——一條巨大得出奇的蟒蛇的影子，正擠開門戶，從通藏經閣的梯口緩緩游竄進來。

牠的巨軀幾乎把小小的禪房塞滿了，牠高昂的頭微微前彎，俯垂在燈火和他噴出的煙霧上面，專心一意的聞嗅著；牠腥臭的黏涎，漓漓冽冽的，滴落在老和尚法廣沒有知覺的臉上——從他看見蟒蛇那一剎，他已經嚇死了。

他並不知道，這條巨蟒並不會傷害他，牠只是竄下牠藏身數十年的經樓，更是過癮的來聞嗅鴉片煙的香味，由於法廣老和尚吸了一輩子的鴉片，使經樓上的兩條巨蟒也因日久聞煙，變成了癮君子，前一條發了癮，偷吞生煙土，毒發身亡，後一條下竄經閣來嗅煙，卻無端嚇死了心臟素弱、風燭殘年的老和尚。

季節無情的輪轉著。

古老的玄女廟比從前更加破落了。但它卻為常走這條荒路的商販苦力們，留下更多新奇怪異、可以打發長途寂寞的傳言。

早年經過這條路的兩個漢子，又擔著他們沉重的擔子，結伴走過這條路，仍在路邊的石塊上歇腿。

「我回程正遇上這宗事兒。」吸煙的那個漢子，在講完故事的時候說：「我親見老和尚法廣死在他禪床上面，一枝煙槍還抓在手裏。」

「你當然也看過那條蟒蛇囉？」

「嗨，那還算是蟒蛇？牠就像死的一樣，盤在禪榻前面，動彈全不能動彈了！」

「為了什麼呢？」

「牠呀？牠發了鴉片煙癮！」吸煙的那個說：「老和尚死了，牠再沒煙好聞了，一發上癮渾身就軟成一堆棉花了。……小和尚發現禪房裏出的怪事，就奔出山門，大喊救命，我們過路的去了好幾個，有幾個膽大心細的只一瞅，就瞧出其中緣故來，有人一聲吆喝湧進去，倒拖著那條巨蟒的尾巴，把牠拖到院子裏。」

「嘿，這才真的過癮呢！」

「牠根本軟了牠個丈人，你要牠盤著，牠就盤著，你要牠直著，牠就直躺著。最後有人取過老和尚法廣吸用的煙具，燒個煙泡兒，衝著牠噴，牠就能動一動，嚐上三五口，牠就能昂頭吐信的唬人了！」

「他們把那條蟒蛇如何處置呢？」

「處置麼？眾口紛紜的，主意可多了！」吸煙的漢子說：「有人說留著牠害人，莫若打殺了，扔進山澗去。有人說，蟒皮很值錢，蟒頭上還有三顆夜明珠可取。有人主張用木籠推牠下山，賣給馬戲班兒，好讓各省的人瞧瞧，唯有咱們中國，才出產這種吸鴉片的大蛇！」

「算了！算了！」抹汗的那個說：「若叫洋人瞧著，是多麼丟面子的事，人抽鴉片，連蛇都成了煙鬼了。還是不賣的好。」

「所以，牠還是叫扔到山澗去了。」

秋蟬在古木上啞聲的叫著，又該是他們上路的時辰了。沒有人認真追究過這些傳言，它的真實性如何？它包含著何種道理？他們只是用它打發長途上的寂寞。

板腰興集

板腰二老爹本來不叫板腰二老爹，他的腰還是五十二歲那年，因為買下西邊那塊荒地和人打官司，冒著大雨，騎著大青騾涉水去縣城進衙門，回來患了風濕症，逐漸板了的。

板腰二老爹一點也不介意別人這麼叫他，因為一提到他的板腰，他就興高采烈的提起他當年為那塊荒地打官司的事來。

「他姓賈的，論理論法都打不贏我姓曾的，賣了地，畫了押，聽說我有這意興一個集鎮，他就半路耍賴反悔，天底下沒有這回事，只要我有一口氣在，非要把曾家集興在那塊地上不可。」

板腰二老爹常怨六扇門事情辦得太慢，一宗土地官司，前後纏訟了五年多，幾乎把他其餘的產業耗盡了，才把那一大片荒地爭了過來，緊接著鬧風濕，臥床不起又是兩年，最後使他成為行動不便的板腰。

「要不是官司拖延得這麼久，我的集鎮恐怕早已興起來啦！」板腰二老爹這麼說。

他一心想把那塊荒地變成人煙稠密的集鎮，並非沒有道理的，那片荒地東面有一道打著彎流過的小河，西南是一片煙迷迷的綠樹林子，左近十里地面，並沒有另一座集鎮，只有許多散落的村莊，板腰二老爹所住的曾家莊，算是比較大的村莊，也只有十多戶人家而已。

早在他年輕的時刻，他就為到遠處去趕集不方便感到煩惱，常對當地人抱怨說：

「趕一個集，要起五更，跑上幾十里地，實在冤得慌，要是我們大家齊心合力，就在當地興起一個市集來，有買的，有賣的，熱熱鬧鬧皆大歡喜，也不必張王李趙去趕別人的市集了。」

別人聽著都覺得很對，但立即又搖起頭來，平地上興起一座集鎮來，那談何容易啊！北方許多老集鎮，都是經過若干代聚居、繁衍，自然形成的，並不是經由哪一個人一手把它興起來的，那時的板腰二老爹，只是曾家莊的一個年輕小夥子，嘴上無毛，說話不牢，別人也只是把他的話當故事聽罷了。

但板腰二老爹的年紀越大，他想興一座集鎮的願望也越加強烈起來。他走過很多市集，去察看地形地勢，發現任何一座市集，都具有它興起的條件，首先要有充足的水源，還要有朝向四方的通路，集市本身地勢要高爽，不要經雨氾濫成澤國，市集四周要有豐富的產物，可以吸引別處的人前來互市，好作交易買賣。

他認為，屬於賈家所有的那塊十里大荒，最適合興市集，因為那塊地是天生的砂石地，土裏會生石繭，拿它當成農田，插不上犁尖，只能恁它荒著，漫生蒿草。

他熬到四十五歲那年，決心賣掉他的祖產，七頃上好的青沙田，和賈家立契約，買過那塊空曠的荒地來，立即招聚友好，著手他興市集的計畫。

「這兒河東岸原有南北通路，我們只要在河上造一座三孔石橋，就可以和道路通連了，橋西邊正好是新市集的東門，一定很有氣勢的。我要請人丈量地畝，先把集市的中心，十字街口定出來，然後挑成東西大街和南北大街，這些砂石地，不宜農作，但用它建屋，卻最好不過，因為它地基牢固，房屋經久啊！」

提到這新的集鎮名字，大家都表示地是曾家買來的產業，當然該稱為曾家集，曾二爺理所當然的就是集主老爺了。

板腰二老爹笑笑說：

「你們弄岔了，我在年輕的時刻，也曾夢想過，由自興起一座集鎮，管它叫曾家集，我便是集主。後來一想，不對，興起集鎮來，百家姓上的人都可來這裏買田建宅，落戶定居，叫曾家集實在並不妥當。至於集主，是日後集上人們推舉的，該讓年高德劭的來擔當，我買地興這個集，純是為地方繁盛，子孫方便著想，並不是為自己呀！」

「二爺這番話，說得堂堂正正，使人佩服，市集的名字可以不叫曾家集。」諢名獅鼻的姜老爹說：「但俗話說得好：蛇無頭不行，鳥無頭必散，如今剛要把荒地興成一座市集，這首任集主還得由你來幹。讓你吃苦受累，出錢出力打頭陣，你不好再推辭了吧？」

姜老爹這麼一說，眾人齊聲附和，曾二爺無法推託，眼前的市集還只是一塊大荒地，他這空頭集主卻已幹上了，他和友好們一再商議，把未來的市集取個吉利的名字，叫做「興隆集」，並且騎牲口到縣城去，託人寫字，交給石匠去刻碑，他要在市集興起前，先把石碑立起來，好像開店必得先豎起招牌一樣。

偏巧在這時候，四十多里地外興起了兩個新的市集，一個叫澗橋，一個叫七里莊，這兩個集市，為爭去那裏安家落戶的人爭得不亦樂乎。他們不惜工本，寫了無數大幅的招貼，分別貼到村頭、岔路口、野鋪、橋頭等各處地方，以各種優待的條件招徠落戶的人，甚至派出鑼鼓班子敲敲打打的，在叉路口拉客人。

曾二爺親自騎牲口到那邊去，觀看他們興集的情形，回來後，慨乎言之：「嗨，我這才明白，興一座市集真難哪！幸好我們興這座興隆集沒人來和我們爭，要不然，我這一輩子恐怕是看不到這個集鎮了！」

正因沒有另興的市集和興隆集相爭，使他們在時間上略有餘裕，曾二爺便領著一夥人，變賣產業造石橋，挑大街。

誰知在挑街時發現出困惑人的事——賈家還有三座墳墓並沒遷移，曾二爺跟賈大爺寫過信，請他把墳墓移開，但賈家抵死不答應，他認為賣地並不等於賣祖墳，要賈家移墳，只有兩條路可走，一是貼上搬遷的費用，讓賈家自動移走那三座墳墓，一是由賈家退款，曾家還地，這樣一來，移不移墳就不成其為問題了。

雙方為這事爭執不下，最後只好告官，板腰老爹的風濕症，就是那時候得的。

「賈家最沒良心了，他們早先抱著荒地過窮日子，根本沒想到在荒地上興一座集鎮的事，因我變賣掉原有的產業，買下這塊荒地，打算在這裏興集鎮，使他們眼紅了，他們才找出三座墳墓做藉口，打算毀約的。」板腰二老爹說：「他們既然把地賣斷給我，我就有權處斷，這三座墳墓，他們非移走不可，想讓我退還土地？哼！門都沒有，這場官司是打定了。」

前後纏訟了好幾年，板腰二老爹贏了官司，腰卻板了，連走路都僵僵直直的不方便，看上去有些殭屍的味道，但他把荒地變成集鎮的心意更加熱烈，他折毀了最後的家業，造妥一道橫跨在河上的石橋，又把這未來的集鎮挑出十字形大街來，通向四方。

以澗橋和七里莊兩個集市的興起做例子，板腰二老爹著人到各處張貼紅帖子，希望拉人到集市上來定居，他們把荒地分割成許多份可以建屋的基地，規定先來的一百戶，可以三年免繳地租，日後有了錢，向板腰二老爹買地，可以分六年攤還地款，地款只維持板腰二老爹向賈家買地的原價，酌加造橋和修路的費用。

「二老爹這樣做，真是毀家興集呀，」有人感動的說：「我們若是待在一邊，不出全力幫助他，就太沒有良心了。最好幫忙的法子，就是和他一起搬過去，一個集鎮，總要有人領先進去定居，才不愁沒人跟著來，熱鬧是人湊成的呀！」

在曾家莊的人，人人雖都希望附近有個新的市集，但論及讓他們搬到西邊那塊荒地上去，卻沒有什麼人願意，很多人只抱著等等看的心情，瞧日後如何發展而定，但一意興集的板腰二老爹不管那麼多，他是領著頭住過去了。

一個人放著古老的瓦屋不住，偏要搬到荒地當中去住草棚子，在一般人看來真是不可思議，都認為板腰二老爹是想興集想瘋了，那地方雜草叢生，蛇鼠出沒，根本不是人住的地方，何況他年老體衰，行動又不方便，萬一得病死在那邊，那可太划不來了。

「我不是和人嘔氣，也不是和天嘔氣。」板腰二老爹對人解釋說：

「我活到這把年歲了，眼前還能有多少日子好活？我興這個集鎮並非為自己，這是明擺著的，集市興不起來，我寧可死在這塊地上。」

「唉，板腰二老爹，不是板腰，是腰桿兒硬！」河東編柳藍子的老李說：「他能為興這市集吃這樣的苦，我們為什麼不能？我這就搬過去蓋屋，和他做鄰居去。」

和老李同樣想法，決心跟隨板腰二老爹搬過去落戶的，一共有十七家，那塊「興隆集」的碑石在橋口上立了起來，看在人眼裏，自有一種光鮮的希望，用來安慰那些落戶人生活上的空曠和荒涼。

這十七家落戶的人家實在夠辛苦的，他們要忙著趕別的市集，去購開拓的用具和日用的物品，一面忙著生活，一面又忙著挑溝築路，挖井修渠，填地除草這許多勞碌的事務，一面又要在橋頭和路口招徠來往的人，勸他們來此落戶。

「一般新的集市，都分別定下一四七、二五八或三六九為趕集的日子。」板腰二老爺說：「外人即使不能來此落戶生根，能來趕集湊熱鬧，這興隆集慢慢也就會興隆起來了。」

「二老爹，您想的是不錯，但說到湊熱鬧，也得本身有熱鬧可以湊才行啊！」老李說：「我們這裏，集不成集，村不成村，小貓三四隻，買沒買的，賣沒賣的，要是集期定得密，讓旁人空跑一趟，下回就沒人肯來了。」

「我看這樣吧，」板腰二老爹想了一陣說：「我們也知道興隆集目前還沒成集市的氣候，我們不妨把集市的趕集日期定為十天一次，那就是初八、十八、二八，開始逢集的日子，我們聘個野戲班子來唱戲，不管有沒有人來看，我們照付包袱的錢，也許這樣做，並沒有大用場，至少，總添分熱鬧，能多吸引一些人。」

「二老爹，您老人家知道的，我們都是貧戶人家，幫得起人，幫不起錢，您經過多年纏訟，家當也花費得差不多了，怎能讓您再擠錢出來呢？」

「不要緊，」板腰二老爹說：「大錢我沒有，小錢還能拿得出，幸好我還留下些壓箱子的積蓄，能派得上用場，錢財這玩意，生不帶來，死不帶去，我算看得很開的，為興這個集市，滿船芝麻都飄掉了，我不會吝惜一點油花兒。」

開鑼興市集時，附近村落裏的人都很捧場，聚攏不少人頭，河西十里處的童家油坊，運來六大簍豆油，喊價便宜賣，也有些人家來賣牲口和糧食的，來時總抱著姑且一試的心理，即使買賣不暢旺，甚至沒做成交易，也算是看了熱鬧，也捧了板腰二老爺的場了。

由於板腰二老爹肯花錢，附近村上人又肯捧場，興隆集開市時的光景還勉強說得過去，使人感覺出一些熱鬧的意味，但若說它是一個新興的集市，那還言之過早，因為一個集市，必須有多類的、大宗物品集散，交易愈暢旺，趕集的人才愈多，如果初開市時的熱鬧不能長期維持下去，集市就會逐漸的冷落下去，興隆集能不能興得起來，得看前半年的集期而定，這段日子是最要緊的時刻。

板腰二老爹明白這個，他顧不得他的行動不便，仍騎上他的老騾子跑遍鄰鎮，找鎮長，訪士紳，求他們盡力幫助興隆集這個集鎮，興隆集興起來，對他們只有好處，沒有害處。

興隆集招募新住戶的帖子，仍然到處張貼著，原先的十七家住戶，湊成一個鑼鼓班子，放牛車去趕鄰鎮的集市，在熱鬧的地方響鑼鼓，像賣野藥似的宣說去興隆集安家落戶的好處，這樣一來，確實招徠了一些新戶，七里莊開飯館的劉禿子，澗橋敲更的張三，都跑來向板腰二老爹租地搭屋。

劉禿子就租在橋頭空場邊，他認為地當路口，他的飯館日後不愁沒有生意，緊跟著，賣煙絲草鞋的黃老頭，彈棉花的宮玉能也都跟著攜家帶眷的搬過來了。

半年裏頭，陸續遷來的又有十多戶，他們都挑選朝南的一面蓋屋，使初期的興隆集成了半邊街，看起來雖有欠齊整，但總是半條街的樣兒，人多就有了活氣，也有了希望。

「看樣子，興隆集興起來是不成問題了！」有人這麼說：「我們早一點遷了去，還能挑到熱鬧的地方，再晚些時，恐怕要擠到街梢去啦！」

人就這麼怪，當初嘲笑板腰二老爹是老瘋子，不願跟他一起搬到荒地的，如今都調過頭來，爭著向這老瘋子租地建屋了。

板腰二老爹真是憨厚的人，從不計較過去的事，凡是願意遷來的，他都歡迎，到了夏季來臨時，興隆集已經超過了七十戶，雖沒有像樣的宅子，但新蓋的茅草屋，在陽光下一樣透著黃亮的光鮮。

夏季雨水豐足，雜草和灌木長得快，一不整理，蚊蚋就多起來，板腰二老爹自己不方便去砍灌木、割雜草，但他總記罣著這事，他要人在上風處焚燒乾草，以濃煙趨逐蚊蚋，更勸大家多勞苦些，把街前街後的雜草除掉。

「其實不用我嘮叨，」板腰二老爹說：「移住到一個新的地方，絕不能任蔓草叢生、蚊蚋滋長，瘟疫、瘧疾，和很多疑難病症，都是這樣引起來的。」

驅蚊和除草只不過是生活裏的一端，其他煩擾人的事還多得很，但居民們都努力的在做；他們在河口修築石級，便於洗濯和取水，他們開闢出平坦的空場，好在逢集的日子裏容納更多的攤位。

他們更在橋頭修築了一座簡陋的土地廟，供奉管轄這一方的神祇。

這些事，看起來雖是點點滴滴，做起來卻都很費些功夫，其中有許多事，是要長期不斷地做下去的。

正當居民們努力使興隆集呈現出一片興隆景象時，一絲陰影，蛇般的游了進來，東街賣烙餅的王大頭的小兒子突然患了天花症，先是發高燒，接著渾身起了流漿水痘，王大頭用青灰鋪在地上，讓那孩子睡在青灰上哭喊打滾，把他雙手捆紮起來，不准他亂抓撈，但到最後，那孩子雖保住了性命，卻仍變成麻臉。

一秋天，各類怪毛病在興隆集上滋生起來，杜家醬園的少東得火瘟死了，湯奶奶患了傳說是惡鬼附身的瘧疾，紮匠店老趙的太太得了可怕的霍亂痧子，幾乎把膽汁都嘔吐出來。

鄉下人認為這些毛病，都有瘟神瘧鬼在作祟，可以飛到別人身上去，所以一有這類的病家，他們就把病人安放在黑屋裏，把所有的窗戶封嚴，並且在門楣和窗口貼上符籙，防止在人體內的那些精怪蠢動，他們更從鄰鎮請來巫童、法師之類的人物，仗劍搖鈴的行關目，說是驅鬼逐魔。

這樣一來，風聲便透露出去，遠近都知道興隆集起了大瘟疫，沒人再願意來趕這個集市了。

逢集的日子，街市上冷落到扔出棍子去也打不著一個人，望著空蕩的街景，板腰二老爹兩眼紅濕了。

「我們這裏，實在缺少醫生。」他說。

「嗨！人走霉運有什麼辦法，醫生也治不了的，」有人嗨嘆說：「誰知道半途會出這種事呢？」

「這和運氣無關，」板腰二老爹說：「俗話說得好，人吃五穀雜糧，難免疾病災殃，生老病死，普天之下都是一樣的啊！」

誰都不能說板腰二老爹的話沒道理，但街坊上的人家，心裏卻都相信命運，板腰二老爹去鄰鎮接醫生過來，並不能安定惶恐的人心，有些人已經收拾細軟，備了牲口，打算遷離這個新興的集市了。

「這可不是逞英雄、充好漢的時刻啊！人和瘟神惡鬼鬥，何必呢？」

對這些來了又遷離的住戶，板腰二老爹沒有什麼話可說，人家拖家帶眷，有老有小的，勉強他們留在鎮上，實在說不出口來，萬一染上這些病症，可是說要命就要命的，請來的醫生不是神，配不出九轉大還丹來的。

醫生來了，並沒能治好那些患染時疫的病人，紮匠店的趙家老孀最先撒手西歸了，緊跟著，又抬出去兩三個，燒化紙箔的黑灰在人頭頂上飄漾著，給人帶來沉重的、不吉的預感，因此，遷離這地方的人更多了。

「這……這叫我怎麼說呢？集市剛有個集市的樣兒。」板腰二老爹焦灼的說：「眼看他們一戶一戶的遷走，我連留人的話都說不出口啊！」

「我們辛苦了這麼久，不能讓一場瘟疫就把集市給毀掉，」老李說：「起瘟這種事，任何地方都會有，絕不止是興隆集一地，若說暫時避一避，倒也可說，單為這個遷離本鎮，嗨，也太大驚小怪啦！」

「不能怪他們啦，」板腰二老爹說：「人家當時也是熱熱乎乎遷到這兒來的，挑溝築路，建造房舍，流汗的事也都有他們一分，離開疫區有什麼不對呢？日後他們仍然會回來的。」

日後究竟是哪一天呢？當板腰二老爹用手扶在腰眼，舉首去矚望淒冷的街景時，那一天在他感覺裏變得很遙遠了，他心裏孕滿酸楚，忍不住流出淚來了！

也許只有頭頂上的老蒼天最清楚，打從他做孩子的時刻，就夢想過在這片荒地上興起一個集市來，前半輩子，他狂熱的逢人就講他的夢想，人人聽了都點頭，認為他的話極有道理，但並沒有人真的帶頭去做。興一個集市真的那麼難嗎？

說它不難也不實在，當然它會有許多難處，但若是人人有這個心，合力去做，它並不難，沒有人帶頭去做，不難的事也變得很難了。

因此，後半輩子他下定決心，拼著傾家蕩產，把這塊荒地買到手，自己帶頭來做，一場官司打了幾年之久，害得自己腰全變板了，辛辛苦苦把興隆集興了起來，這事對集上和四鄉居民都有利，對自己卻並沒有什麼好處，為它苦了一輩子，成了殘廢，難道就為貪這個集主的虛名？

這可是天下有眼人都能看出來的，自己是快進棺木的人了，莫說毀去的產業一時掙不回來，就算掙得回來，自己也犯不著這樣去折騰，老天是知道的。

秋去冬來，四野是瑟縮的，河岸邊的老蘆花已快飛盡了，留下的一些蘆絮變成白裏帶褐色，仍然沉遲的搖著頭，連著十來個集期，沒見什麼趕集的人了，從街頭緩緩踱到街尾，只聽到患病者家屬的幽泣，使人傷心難過到極點，還有什麼旁的辦法呢？

醫生請來兩位，全是鄰鎮上有名望的，一樣阻擋不了這些怪病症，不認命也只有認命了，回宅之後，他自己也憂急得病倒了下來。

不過，到了冬天，瘟災時疫倒是收煞住了，只有一個羅四嬸害瘦背，沒有新的病家，板腰二老爹躺在床上聽到這消息，心裏很覺寬慰，他要人把他扶下床，到街上走走，家裏人認為他的病還沒好，不宜到外頭去吹風，只把他扶到門口曬曬太陽。

「二老爹，您身體虛弱，強撐起來幹什麼？」老李跑過來說：「一場瘟疫鬧過去，看樣子集市是穩住了，來年的集期，會有人來趕集的。」

「但願這樣就好，」板腰二老爹說：「一座集市和一個家是一樣，冷落下去很容易，興旺起來卻很難，這才遇上一場瘟疫，一走就走掉很多戶，如今看起來，集不像集，倒像一座村子了。」

「您千萬別難過，」老李說：「天時地利人和，興隆集這三樣都有，我怎麼看它都像一座集市，明年開春，等您病好了，您會看得見的，您瞧瞧，四野荒落落的，這塊地多旺氣呀！」

一縷寬慰的笑意展露在板腰二老爹多皺的臉上，當鄰居的想法都和他當年想法一樣的時候，他覺得這大半輩子的辛苦勞碌總算沒有白費，哪個集鎮的興起不經過多少世代人的辛勤流汗？

也許他看不見興隆集的繁華熱鬧了，這並不要緊，橋口的那塊碑石，總是他手上豎立起來的，瘟疫使集市冷落一秋，也遷走二十多戶，但留下的仍然留在這裏，無論如何，它不再是一塊荒地了。

若干年後的興隆集，成了一個很熱鬧的集鎮，集市上的孩子們，都知道有過板腰二老爹這麼一個老人，走路歪著身子，手捏一管旱煙桿，腦後拖著一條筷子粗的小白辮子。

傳說那年瘟後，他為了使人來趕集期，曾經抱著病站在橋口，對過路的客商打恭作揖，又到鄰鎮上去當眾叩頭，有人都以為他興集市的心太切，有些精神錯亂了，但如果沒有那個老人，興隆集至今恐怕仍是一片荒地呢！

儘管長一輩的人在談到板腰二老爹事蹟時，也說不出什麼驚天動地的故事來，但他們仍津津樂道，而且，在有人認為這事平淡無奇的時候刻，他們會掙紅脖子吼說：

「你說沒什麼？嘿，你在荒地上替我興起一座集市來看看！」

爭被記

晚餐後，天雨，朋友跟我講起這個故事來……

王好古這傢伙也許太好古了，多少年來一直受蹩，他唸的古書，雖不能說是到了學富五車的程度，卻也少不到那兒去，不過，在科場卻是屢試不第，變成白了頭的白丁。

唸古書把人唸得不殘而廢，酸溜溜文皺皺的，啥事也不能幹，只好在本行上出主意，開了個塾，團小館維生，甭瞧團館的塾師成天之乎也者，晃腦搖頭的沒有大發跡，但這一行卻有一份清高之譽，故而有許多中過秀才，有過功名的，也紛紛開館，做了猢猻之王。

跟旁人一比，王好古這個塾館就沒法子再開下去了，旁人都會說：白丁先生還能教出什麼好學生來？假如學生日後跟先生學樣，唸白了頭還是白丁，那倒不如不進孔家門，扔開書本去學一行混飯的手藝那還實惠些。

一個塾館沒人送學生來，自然關門大吉了。

王好古雖然吃了不少虧，但他一點兒也不在乎，他是梗直人，一輩子愛講一個「理」字，總認為一個人只要在理字上站得穩，旁的都不必去計較了。歇掉塾館換行業，他仍然念念不忘書和字，旁的不能幹，乾脆揹個簍子撿字紙——這樣，總還沾些文墨氣味。

拾荒撿紙的行業，使王好古陷進貧困的泥淖裏去，連那幾間東倒西歪的茅屋也保不住，一個人住在一所破廟裏，只落下幾本破舊的書和一床破棉被。這在旁人的眼裏看，王好古真的混落魄了，而王好古並不在乎，因為他並不虧理。

這年殘秋，天落連陰冷雨，遍地濕漉漉，外頭寒瑟瑟的，字紙沒法子撿了，王好古肚裏飢餓，更有些怯寒，只好把一床破棉被圍在身上，就著破廟神臺上的殘蠟光，看書消遣。

天到落黑的時辰，外頭來了個衣衫破舊的半老頭兒，渾身那麼單薄又潮溼，凍得活沙沙的，擠身到破廟裏來，背靠著牆，手抱膝頭蹲下身子，一勁兒打抖。

王好古自己是貧困慣了的人，懂得飢寒交迫的滋味，一瞧這人凍成這樣，不由動了憐憫，就放下書來說：

「你這位老哥，這樣凍久了準會病倒，我王好古雖跟你一樣窮困，好歹還有這麼一床破被頭護身，若您不嫌骯髒，過來通通腿，也暖和些。」

那人謝也沒謝一聲就過來了，兩個人蓋著被子一聊，王好古知道對方姓劉，叫劉厚今，早些年曾憑一張又尖又薄的嘴皮子和一枝刀筆，在地方上幹黑頭訟師。

王好古這半輩子，最看不慣顛倒黑白的惡訟師，便皺起眉頭說：

「厚今兄，像我這個酸丁，如今受些窮困倒是順理成章的事，你幹的訛吃詐騙的訟師，怎會潦倒成這樣來著？」

「嗨，」劉厚今說：「我早先是使壞沒使到家，吃了暗虧垮下來了，如今我痛定思痛，練出一套本領，你用不著替我操心，我一定會東山再起的。」

王好古搖搖頭，心裏忿不過，說話便帶出抬槓的意味來：

「我看不然，老哥，你練的那一套，無非是假的，俗話說得好：真的扯不掉，假的裝不牢，為人在世，應該講究一個真字，俗說：真金不怕火來燒，理上站得穩，才沒虧好吃。」

「算啦罷，好古兄。」劉厚今笑哼一聲說：「您是好古入了迷，總捧著古書做迷夢，老實說，如今這世道，理字鬥不過能為，誰有能為誰就有理，像你這種有理無能的人，有多少虧，你得吃多少虧。」

「瞧你是越說越不上路了！」王好古說：「我就是不信這個邪，你厚你的今，我好我的古，咱們是道不同不相為謀，我如今貧窮困頓，是我心甘情願的，文章比不得顏回，自問人品還過得去，也沒誰把虧給我吃！」

「好罷，」劉厚今說：「事到臨頭，不怕你不信，趕明兒，我略使點手段，也好讓你醒醒迷！」

神臺上的殘蠟眼看燒盡了，王好古打了個睏頓的呵欠，勒住話不再朝下講了，心想跟這種邪路上的人物空抬大槓也沒有用，拿今晚上來說罷，這惡訟師凍成那種樣子，自己若不可憐他，分他半床棉被蓋，只怕業已凍死在廟裏了，他若真的凍死，他那套權謀、手段、能為，還能使得出嗎?!……自己救他一命，他沒道一個謝字也罷了，還想在自己頭上使手段，真是又不知趣，又沒良心。……我就安心睡覺，看二天你有什麼手段?!

二天早上，倆人醒過來，劉厚今說是要走了，一邊說著，一邊就動手捲起王好古的那床破棉被子，挾在脅下就要拔腿，王好古一把抓住他說：

「厚今兄，你這人好沒良心?!昨晚上我眼看你就快凍死了，好心好意讓你過來通腿，你怎麼竟然厚著臉皮，要謀奪我的被子？」

「你說得好聽，——你的被子？」劉厚今一點兒也不客氣的說：「我還說這是我的被子呢！你不是愛講理的嗎？咱們不妨到衙門裏理論去，誰講理講贏了，這被子就是誰的。」

王好古一氣憤，連脖頸都氣得發粗，人說：得理不饒人，明明是自己的被子，這惡訟師硬賴說是他的，天底下哪有這種歪理？——和尚的大襟，硬是左著來的！一床破被子值不了幾文錢，但道理可不能不爭！

這官司甭說打進衙門，就是上天入地，也決不會輸給他。倆人爭執不下，便一路拉拉扯扯的鬧進衙門去了。

縣大老爺升堂問案子，盡是些煩人的雞零狗碎，兩個人在堂口下面等候著，互相彆氣不吭聲，王好古望眼朝堂上瞧看，黝黯裏端坐的大老爺在問案時，不斷的咳嗽吐痰，拍案吆喝打板子，這種理論的地方，未免太雜亂了些。

不過，一想到訛騙人的劉厚今就要挨板子，他便耐心忍住了，這樣等了好半天，堂上喊傳王好古的名字，王好古上堂叩了頭，堂上問起情由，王好古逐一說了，壓尾他又叩拜說：

「小民原不願為這麼一床破棉被來驚動老爺，只是劉厚今這個人太沒有良心，太沒廉恥，小民爭的不是被，委實是爭一個理字。」

堂上嗯哼一聲，又咯吐一陣，吩咐傳劉厚今到堂，劉厚今抱著那床破棉被，跟王好古說的是一樣的話，硬說被子是他的，沒良心的是王好古。

堂上沉吟了一陣子說：

「你們倆人共爭這一床被子，你說是你的，他說是他的，總有一個人說謊，那王好古，你說你的被子，可有什麼記號在上頭？」

堂上一問記號，可把王好古問得愣了一愣，他多年來專心一意啃書本，對旁的事一向大而化之，不甚注意，幸好這床被是他唯一的財產，他還能說出一些來；說他被面是印竹花的老藍布，被裏是白細布的，胎是老胎，網著素紗。

堂上再問劉厚今，劉厚今伏地哀陳說：

「大老爺，您甭聽他的，小人這被子，他既存心謀佔，當然會仔細的看過，這些不能算表記，人人都看得到的，您若問起，小人也會這麼講的。」

堂上又嗯哼一聲問說：

「照你這麼說，你的被子是有不尋常的標記的了？」

「稟告老爺。」劉厚今前爬半步，放下被子說：「小人這床被子，在縫的時節，就在胎角裏塞了一枚古銅錢，背面有吉祥兩個字，不信，老爺可命人當場拆開，假如覓不著那枚銅錢，小人願意認輸。」

「好！」堂上立即吩咐衙役，把被頭的縫線拆開，摸著胎角一陣捏，不一會兒，便把劉厚今所說的那枚古銅錢給捏了出來，呈堂一查驗，錢背上赫然鑄有「吉祥」二字。

這時，王好古氣得七葷八素，不等堂上問他，便滿口叫起冤來，堂上的老爺虎下臉，不容王好古再辯，拍動驚堂木罵說：

「好個刁民王好古，虧你還讀過聖賢書的，竟然會謀佔旁人一床破棉被，敢情你是窮瘋了心，把廉恥都給忘了，姑念你年紀老邁，免於責打，被子判歸劉厚今，你立即替我滾出去罷！」

遇上這種糊塗蛋，王好古有理沒處講，只好抱了一心委屈下堂。不一刹，那劉厚今抱著被子，滿面春風走了出來，王好古氣得乾瞪眼，劉厚今湊過來說：

「怎樣？好古兄，這床被子明明是你的，如今卻判給了我，你受了苦頭，不能再不信我的話了罷？」

「是你的，你抱著走算了！」王好古沒好氣的說：「用不著在我面前得意，老實說，我不怪旁人，只怪自己的心太好，眼太拙，沒看出你是這樣的刁滑，早知你是這種沒良心的人，昨夜不給被子你蓋，凍殺你還算一宗功德事呢！」

「好了好了，好古兄，」劉厚今說：「我只不過拿這個試試我說的話，誰稀罕這床破被頭來著？……我不得不告訴你，不聽我的話，你總會吃虧的。」

「我至死也不信邪！」王好古抗聲說：「我只因一時沒認清你的嘴臉，才吃了你的悶虧，我也要勸勸你，世上騙人只能騙一回，我這回上過你的當，決沒有第二次的虧好吃了，不信你試試，看你還能給我虧吃?!」

「這可不見得，」劉厚今說：「喏，你的被子，你抱走好了，咱們騎驢看唱本兒，——走著瞧！」

王好古接過被子說：「走著瞧就走著瞧，我若再吃你的虧，我就打你襠底下爬過去，算是跟你低頭！」

王好古頭也不回，剛走離衙門口，後面湧上幾個如狼似虎的衙役，一傢伙把他胳膊抄住就朝回拖，其中有一個指著他罵說：

「好啊，你的膽子可真不小，咱們老爺剛把被子判給姓劉的，你竟不服氣，等他一踏出衙門口，你就動手搶他的，……姓劉的若不立時大喊大叫跑回堂上去告你，被子不是又叫你給搶跑了？」

王好古這才明白，說是不上當不上當，眨眼又上了劉厚今的圈套了，這一回，縣太老爺沒對王好古客氣，不輕不重賞了他十板子，打得他在地上轉著圈子爬，在他心裏，理字始終是有的，不過在他頭暈腦脹的時辰，一時摸不清理字在那一邊罷了。

他一拐一拐的走出衙門，那個劉厚今又在他身後叫著：

「好古兄，好古兄，這一回，被子當真還給你，你拿了走罷！」

「算了！」王好古說：「被子我不要，這頓板子打得我添了學問，——這世上好人總要吃點虧，若完全沒有肯吃虧的好人，壞人一個也活不了！我雖是吃了虧，仍舊是理直氣壯，——少了那床被子，凍不死我，你想勸我薄古厚今？談也甭談！」……

「後來呢？」我問說。

「哪有什麼後來不後來？」朋友說：「你以為冤冤枉枉的十板子就能打癟了王好古？沒有被子，他會去睡草窩，能忍氣吃虧容易，吃了虧，仍然是理直氣壯就難了！所以咱們還是不如王好古呢！」

「不錯。」我玩味著說。

「聽了這故事，你有什麼感想？」朋友說。

「有什麼感想，也用不著問我這半個王好古啊！」我說：「那時沒有報紙，要換在如今，一定是宗好新聞，也許報上一宣揚，就把劉厚今的鬼技倆拆穿，他那鬼頭騙術玩不成，王好古也許就不會白捱那頓板子了！」

「不錯，」朋友說：「世上可能有糊塗官、糊塗人，但卻不能有糊塗報，是不是呢？」

「這話用不著跟我說，——我可不是辦報的。」

我說著，倆人全笑得十分開心。

寒食雨

春雨綿綿的落著，太武山北麓石砌的碉堡裏，瀰漫著一股間有草香的濕氣，滿山的濃綠從碉孔透進來，彷彿以堡為杯，注滿了竹葉青酒，讓人有一種詩意的啜飲。

文書士文浩面對碉孔坐著，擺在桌面上的那本《雙城記》被微風翻弄，光明與黑暗反覆輪替，相互交織，已無庸再去閱讀，訴諸感覺就對了。

他輕掩書卷，朝碉孔外望去，相思樹和木麻黃的綠意滾延著，附近的鐵絲網上，覆著牽牛的藤蔓，開出一串淡紫色的花朵，那正是春的號角，在霏霏的春雨裏吹奏起來。

這座位於山腳綠林的碉堡，附近就是金門當地古老的墓場，說他古老是沒有錯的，剛調防來的時候，文浩就常在墓場散步，發現那些墳墓早就廢朽了，大多數連碑石也沒有，一些立有碑石的，也因年深日久，碑面經風雨剝蝕，使鏤刻的字跡模糊難辨；依山的石窟裏還存留一些青灰罈子，有粗陶和釉陶的，質地很差，型式古拙，幾乎可以當成古物收藏。

生活在與鬼為鄰的碉堡裏，文浩倒很怡然自得，他對他的好友軍械士徐森說過：古老的墓場可以增加人的歷史感，而徐森在大學讀的正好是歷史系，每到假期都跑到縣城圖書館去，尋找當地的歷史資料。

這座碉堡，既是連部的文書室，又是他們的文化沙龍，幾個平素談得來的軍官和士官經常聚在這裡聊天話夜。

由於彼此的知識程度相近，大夥兒談論的範圍極廣，從歷史到文學，從科技到神怪，天上地下無所不談，有了這種靈魂的消夜，枕戈待旦就一點兒也不寂寞了。

「快到清明節了，真是清明時節雨紛紛啊！」文浩自言自語的說。同時，他聽見雨衣的窸窣聲，他不用回頭，就知道那是徐森。

徐森從雨衣裏取出一瓶白金龍，兩包土產花生。

「排附說夜晚要來聊天，還有王浩若他們，我就先順便買了這些。」

「清明節是哪一天？」

「後天——你問這個幹啥？」

「我想買點紙箔，掃掃附近這些老墓，做點兒睦鄰的工作，總不壞吧？」

「這些老墓裏的人，他們的子孫多半都到南洋去了，」徐森說：「所以才乏人祭掃，我們說來只是這裏的過客，難得和他們為鄰，盡點心確實是應當的，也好讓他們過一個快樂的清明。」

「等排附來了，我們不妨對他報告，多動員幾個弟兄，節前替它圓圓墳，添添土。」文浩說：「敦世厲俗的事，我們是不甘後人的。」

經過多次劇烈戰爭的島，和戰鬥歷史同時流傳下來的，是若干充滿人性的故事，很多當代著名的文學家和藝術家，都在戰地生活過，有些詩人寫過山中的海印寺，有些畫家畫過古寧頭和料羅灣，更有人在漫天砲火之中，去尋覓古老的馬燈和石井。

文浩和徐森只是無數這些人物當中的一批，在清明的細雨裏，他們對時空遙隔的幽靈，作了誠心的奠祭。

石碉堡入口的地方，原是石質的山岩，地面上留有一個很小的孔隙，他們原以為是野鼠打的洞，文浩說過幾次，想找點零星的水泥把它填塞起來，因為工作繁瑣，說過又忘了；清明那天，他們動員六七個人，來整修附近的廢墓。

徐森經過碉堡門口，一時意動，用鐵鍬柄敲打那個小洞說：

「文浩，你說過幾次要修補這個小洞，趁著今天有水泥，咱們就把它補起來算了。」

徐森不敲也沒事，一敲就敲出問題來了，原來那下面是空的，經鍬柄擊打，小洞陷成了大洞。

「奇怪，以前駐防部隊怎會沒發現的呢？」

「再朝下挖挖看。」一個充員說：「也許會挖出一窩蛇來呢！」

徐森順過鐵鍬朝下挖，才挖不到兩尺，土裏就露出一個陶質的罈蓋來了。

「好像是骨灰罈子，」他說：「和上面石洞裏放置的一樣。」

「當年做碉堡的部隊，一定沒發現被崩土埋掉的骨灰罈子，才把碉堡做在上面的。」文浩說：「你要不用鍬柄去打那個小洞，不知哪天才會被人發現呢！」

「大概我們每天從骨灰罈子上面跨來跨去，鬼也不耐煩了，趁著清明節，我們整頓外面墳墓的時候，他也希望搬個家，遷築到別的地方。連我自己都覺得奇怪，我經常踏過這個小洞，從沒想要挖掘它，偏巧今天清明節，我靈機一動，才用鍬柄去打……」

「小心點兒，先把骨罈挖出來再說。」王浩若說：「我來幫你的忙。」

一點兒也沒錯，那確是一隻骨灰罈子，徐森和王浩若兩個，小心翼翼的把它請出來，暫時放置在文書士文浩的辦公桌上，這時候，排附李天佐跨進來了。

「大家義務修墓奠祭的事，我向連長報告了，」他說：「連長聽了很高興。咦，你們怎麼把骨灰罈子放在辦公桌上?!」

「這是在碉堡下面剛挖出來的，」文浩說：「我們正打算把它遷葬呢！」接著，他把事情詳細的說了一遍，排附伸手撫摸著骨罈，若有所思的沉吟著。

堡外的夜色轉濃，雨勢轉大，落得淅瀝有聲。

「按理說，沒有政府的明令公告，我們是不可以隨便挖墳掘墓的，但這是特殊情形，骨罈的埋藏位置，正在碉堡入口的地下，既然知道了，就不能進出都踩人屍骨。」

「所以我們才打算把它遷葬啊！」徐森說。

「先喝兩杯再慢慢計較吧！」文浩拔開白金龍的瓶蓋，又打開花生說。

雨聲裏的清明節，有酒無花的前線，幾個有靈性的青年人談起話來，感受是深沉的，排附把頭一杯酒，澆在骨罈前的地面上，行禮說：

「不知姓名的前輩，您要還活著，咱們一定拉您一道喝酒聊天，聽您講古，如今陰陽相隔，只能澆酒為奠，聊表寸心啦！」

「排附，你真的相信鬼神嗎？」王浩若問。

「這不是信不信的問題，而是盡心尊禮。」李天佐說：「海那邊，一度搞什麼破舊立新，亂掘先人盧墓，就算標榜講科學，也不能蔑視禮俗和心靈啊！」

「這骨罈遷葬的事，究竟怎麼說呢？」徐森說。

「我看這樣吧，」排附說：「說它是迷信遊戲也好，我們自由世界，人既有人權，鬼也該有鬼權，我們明天一早，捧著骨罈到海印寺去，禱告求卜，如果卜示出它願意遷葬，我們再擇地替它安葬，如果卜示出它不願另遷，那只好再把它埋進原處了。」

「這倒滿有意思的。」徐森鼓掌說。

「你倒說得輕鬆——夜晚是我一個人睡在這兒啊！」文浩白了他一眼說：「我會做惡夢的。」

第二天雨還在落，排附打把傘，徐森和文浩輪流捧著骨罈，順著山徑爬到海印寺去，焚香祝禱後，開始問卜，誰知連卜三次，卜示都是否定的，那就是：不願遷葬。

「噯，老前輩，您這就開大玩笑了，」文浩對著那骨罈作揖打恭說：「您是存心跟我攀上同居一室的交情啦！」

「奇怪，這在道理上講不通啊！」徐森說：「沒有誰願意把骨罈埋在路口，讓人踩來踩去的啊！」

「不對勁，」排附想起什麼來說：「咱們先把這骨罈暫寄在寺裏，回去再挖挖看，要是我猜得不錯，原來那個洞穴裏，應該還有另一隻骨罈。」

「道理何在呢？」文浩說。

「不是道理，是我一時的靈感。」排附很有自信的說：「回去一挖就知道了。」

三個人一路冒雨趕下山，到碉堡裏，循著原洞再朝下挖，果然如排附所料，在先前那隻骨罈的另一邊，挖出另一隻形式相同的骨罈來。

「我猜他們是夫婦。」排附說：「生前死後都守在一起，咱們把人家分開兩地，幽魂當然不會願意啊！你們不信，把這隻骨罈再請進海印寺，再行投卜，包管會卜示出同意遷葬的卜象來。」

「這是道理嗎？」徐森問。

「不是。」排附說：「算是我的超感覺好了。」

三個人再折騰一次，到海印寺一投卜，卜象真的顯出願意共同遷葬的結果來。

直到黃昏時，三個人渾身泥沙，總算把兩隻骨罈遷葬在山腰一處視野開闊的地方，徐森和文浩直嚷嚷累壞了！

「不要緊。」排附說：「你們兩個，在前線只過這一次清明節，退伍回家，哪天還會再來？這次圓墳修墓的義務勞動，既是你們提議的，能不一氣呵成，求個功德圓滿嗎？……咱們做這件事，不是沒有代價的，儘管它是一種奇異的巧合，至少表明了一種意義，那就是老古人的夫妻，不但生前恩愛，死後多年，還不願分開，咱們日後結了婚，正好用它做榜樣啊！」

避雨記

沙路上來了一群趕驢的馱販，四五個漢子，趕著七八匹放空的牲口，搖搖晃晃的朝野鋪這邊奔了過來。

這些販賣米糧的馱販，準是高價賣掉了他們的糧食，飽飽的賺上了一筆，每個人都興高采烈，笑聲蓋過了驢頸鈴的炸響。

本來幹馱販這一行的就是賺一分辛苦錢，獲利的高低沒有準的，起程時，得豎著耳朵打聽哪兒的糧價高，銷行暢旺，好得機多賺它幾文，一旦把響噹噹的銀洋賺進荷包，那算一切篤定了，走起路來，腳底下彷彿輕得不沾泥，你拍我，我拍你，彼此都覺得很風光。

「我說二哥，咱們甭那麼急著朝家裏趕，前面就是野鋪了，何不消停歇它一陣，叫些菜，燙幾壺老酒泡泡腸子，錢總是咱們自己賺來的。」

說話的杜四是個快活的矮子，筐圈腿，外八字腳，走起路來左搖右擺，旁人送他一綽號，叫杜鴨子。

「我這個人，天生賤皮子。」後面一個粗大個兒說：「賺著了錢不花，會嫌脹手，我它娘今天也好好的醉它一醉，像糧袋似的橫在驢脊蓋上！」

「徐老六，你這個活酒囊！」走在一邊的小麻子說：「你要是喝得吐黃湯，驢都不願馱你，那牲口可比你要愛乾淨呢！」

長路打了個彎，野鋪就在眼前了，甭說幾個驢馱販興高采烈，就連牲口也彷彿知道前面柳蔭底下有畜槽，有飲水和食料在等著牠們，不用人揮鞭子趕，牠們的腳程自然而然就顯得輕快起來。

這種不冷不熱的入夏季節，暖風薰薰的吹盪著，使人在趕長路時有些鬆懶，早生的蟬已經在沿路的樹行間疏疏的鳴叫著了。

「到野鋪，越發多歇會兒，」杜四矮子說：「等到晚涼再動身，精神也爽氣些兒。」

「嘿嘿，」後面的老秦笑開了：「徐老六一抱起酒罈子，咱們想快也快不了啦！」

「老秦，你這個傢伙！」徐老六說：「我愛喝兩盅也配讓你逗笑？你沒想想，這邊年景不好，缺少糧食，咱們才抬高價出售，賺足這一筆，認真想想，很不是滋味，喝兩盅也好破長久來的鬱悶。」

「聽你這麼一說，好像只有你徐老六有良心了？」老秦說：「你沒想想，咱們成天跟在驢屁股後頭，趕長路討生活，也是苦哈哈的人物，賺幾文辛苦錢，算得什麼？……再怎樣，咱們一家老小也要過日子，總不能把血本錢去放帳，不是嗎？」

「算啦，你們兩個笨驢。」杜四矮子說：「驢馱販談什麼天下大事？咱們有苦就吃苦，有樂就逗樂才是正經的，野鋪到啦，閉上嘴，不要再扯閒話，先修五臟廟吧！」

他們拴了牲口，嚕嚕喝喝的湧到野鋪裏來，占了個大桌面，拍打著桌子要酒要菜，敞開衣領翹起腿，貪婪的吃喝起來。

驢馱販的通性也許都是這樣，腰裏一旦揣足了大塊的銀洋，自然就闊綽起來，滿桌面全是菜肴，喝酒像喝水一樣，夾肉燒餅上的芝麻粒兒，撒的一桌都是。

正在他們猜拳行令，麻浪抖風的時刻，外面走進來一個乾瘦的老頭兒，長臉、尖下巴，穿著一身舊藍布的衣裳，手肘和膝頭都打了補釘，腰裏勒著一根草繩，繩上繫著一支煙桿。

他進屋後，瞧瞧幾個驢馱販所坐的桌面，翹起的下巴上，那撮灰黃帶白的山羊鬍子不停的顫動著。

「嗨，真是作孽。」他搖搖頭，嘆了口氣，喃喃自語說：「撒了一桌面的芝麻粒兒，多可惜呀！」

驢馱販子們當然不會聽見他在說什麼，照舊呼么喝六的豁著拳，喝著酒，那老頭兒繞著桌子，來來回回的走了兩趟，最後還是伸著頭捱了過來，用食指蘸蘸舌尖，伸到桌面上去，一粒粒的黏起那些芝麻粒兒朝嘴裏送。

「噯，你們瞧！」杜四矮子指著說：「這老頭敢情是餓得慌了，人生面不熟的，竟跑來咱們桌面上拈芝麻粒兒吃呢！」

「不錯，」徐老六說：「看樣子，像整天沒吃飯似的。」

他轉對那老頭說：「噯，老頭你甭客氣，餓了儘管坐下來吃，咱們不多你一個人，夾肉燒餅，盤子裏不是沒有，何必一味黏芝麻粒兒，不搪飢的。」

「諸位，你們可弄岔了。」老頭兒笑笑說：「我不是餓，我是看你們撒了這一桌面的芝麻粒兒，太可惜了，禁不住要伸出去幫你們黏黏吃掉；外頭鬧荒，粒米如金，諸位更不該這麼糟蹋東西的。」

「嘿嘿，」徐老六多喝了幾盅酒，說話舌頭有些窩團：「多窩囊的事，老頭，咱們這夥趕驢馱的，窮雖窮，但絕不酸氣。你這大把年歲，敢情是傷輸了心了，真是又窮又酸，沾了芝麻還要說教？……來來來，這些夾肉燒餅，你全兜了去，坐在一邊吃，甭再打擾咱們的酒興了……」

他一面說著，也不管對方願不願意，一把拖住那老頭兒，把整盤的夾肉燒餅都塞給了他。

「好吧！」那頭兒說：「既然這樣，我就謝了！」

把那老頭兒打發走了，他們又喝了半個時辰的酒，吃飽了，喝足了，討了茶水，坐到太陽甩西，才動身上路，一路上，徐老六還在嘀咕剛才的事情。

「你們說怪不怪，咱們花錢買酒吃，多撒了幾粒芝麻在桌面上，也會讓那個老窮神講話？我敢打賭，那老傢伙半輩子恐怕都沒嘗過夾肉燒餅是什麼味道。」

「管它呢！」杜四矮子說：「天底下，像他那樣的窮酸多得很，他是越窮越酸，越酸越窮的貨色，你已經送他一盤夾肉燒餅，就不再提他了。」

離開野鋪四五里地，走著走著的，天作起怪來了，一朵菌形的黑雲聚在天頂上打旋，越旋越黑，越旋越大，高空裏的風直落下來，吹得四野禾葉子沙沙響，幾個人都是趕長路趕慣了的，一瞧這光景就知道暴風雨快來了。

「咱們腳下得放快點兒。」杜四矮子說：「夏季的雷雨像瓢澆似的，把人淋成落湯雞，那滋味可不太好受！得找個躲雨的地方才好。」

「老天爺這是存心跟咱們過不去。」老丁在後面抱怨：「要是早點落雨，咱們就在野鋪裏落宿，也就沒事了！偏生讓人走到前不巴村，後不著店的地方，連一間破土地廟全沒有，那兒好躲雨？」

「怨也沒有用的。」老秦說：「如今再走回頭路，趕回野鋪也來不及了，總不能呆站在原地等著雨來淋，只有朝前走著再說。」

他們打著驢在風裏奔跑，雲層越積越厚，暝色四合，遍地都揚著混沌沌的沙煙，雷聲忽喇喇的一響，豆粒大的雨點便鞭刷下來了。

路是荒的，抬眼看不見人煙，雨勢白汪汪的鎖住了人的視線，根本覓不著可以躲雨的地方，他們跑著跑著，轉眼之間，一身就被淋透了。

「別再跑了！」徐老六喘著氣，放慢腳步說：「渾身成了落湯雞，雨勢越來越大，還跑個什麼勁兒？」

「話不是這樣說，老哥！」老秦說：「天轉眼就要落黑了，咱們總得要朝前巴個莊院好借宿什麼的，人在雨裏泡著，可不是泡澡堂，容你伸著腿閉著眼鬆活汗毛孔，驢肚底下，是躲不得雨的呀！」

「趕路要緊，留神腳底下！」老丁說：「不要再講那麼多了」

幾個人爛泥滑踏的跋涉著，雷聲像推磨似的嗡隆著，風頭捲著雨點，打得人很難張開嘴來，這時刻，有說的也成了沒得說了。天，逐漸逐漸的黑下來了。

走到一處泓口，泓裏漲水，驢子性拗不肯過，任你用趕驢棍搗牠們，牠們也抵死朝後賴，實在沒辦法，幾個人一商議，只好繞大彎兒，改變方向試一試，誰知一下了路，就摸迷了，杜四矮子心急說：

「有鬼！平素常常走長路，怎會弄迷糊了呢？若再巴不上宿頭，雨勢不停，咱們可慘了！」

「不慘怎麼的？」徐老六說：「渾身發冷，晌午吃的喝的，都快當光啦！」

「還說呢！」老秦補上一句：「全怪你，一見了酒就爛在板凳上，挨著不肯動，要不然，也不會天黑了還待在野天荒地裏挨淋。」

「不要窮抱怨了。」老丁說：「遇上這種事，空急沒有用，唯一的法子就是朝前摸過去，總會巴到村子的。」

經老丁這麼一說，幾個又都不吭聲了，摸就摸吧！

一摸摸了大半夜，雨總算停了，可是幾個人又冷又濕，又飢又餓，又睏又累，幾幾乎再也捱不動了。

「嘿，你們瞧！」杜四矮子的聲音，像錐子似的把人扎了一下：「前面有了燈火亮，咱們可巴上莊子啦，咱們可巴上莊子啦！」

不錯，前頭確是有了莊子，他們打起精神走過去，發現這是個很大的村落，廣闊的麥場，高聳的草垛子，高屋基和大顯門，顯得這莊主人家氣概，巴上這等的莊院，留宿是不成問題了。

杜四矮子跑上去叩門，出來應門的是個粗壯的莊漢。

「對不起，老鄉親。」杜四矮子說：「咱們幾個，都是牽驢馱糧販子，途中遇上大雷雨，摸迷了路，半夜三更的擂門驚動你，實在不過意……」

「不要緊，」那莊漢說：「咱們上上下下都忙著糶糧裝車，打算過到災區放賑，沒有沾著床鋪呢！老爺子心腸熱，運糧放賑快半個月了，前屋的空鋪多得是，你們隨便歇好了。」

「真不知該怎麼謝你。」老丁說：「咱們沒用晚飯，牲口也該入糟加料，這一切還得麻煩你，價錢加倍照算，請甭客氣。」

「這個請幾位放心，」莊漢說：「咱們家的老爺子，待客最熱切了，待我去稟告一聲，諸位只要成了他老人家的客人，一切都有照應，用不著諸位花費一文的。」

「太好了。」杜四矮子說：「請替咱們先謝過老爺子吧！」

莊漢去了回來，帶來莊上主人的話，請幾個被大雨淋得狼狽不堪的驢馱販進屋去，他們被引至點燈燭的客屋去，裏面坐著個笑容可掬的老頭，幾個驢馱販一瞅，全都面面相覷的傻了眼啦。

原來那不是別人，還是昨天在野鋪裏遇見的，伸手沾桌面上芝麻粒兒吃的老窮漢。

「真是有緣，沒想到幾位竟然摸到老漢的莊上來了！」老頭兒說：「這一路上頂著傾盆大雨，夠瞧的，我業已著人把幾位的牲口牽上槽加料餵去了，你們不妨先把濕衣寬下烘乾，等歇再著人替幾位送飯食來！」

直到老頭兒離去，杜四矮子才結結巴巴的吐出話來：

「你們說怪不怪的慌，一個家財萬貫的財主老爺，衣衫襤褸的不說，竟然伸手到咱們桌面上沾芝麻？你說他吝嗇吧？他偏又捨得開倉放大賑？」

「嗨，甭談了。」老秦嘆口氣說：「這就是人家成得財主，咱們一輩子都當驢馱販的道理，咱們腰裏一揣上幾文錢，連骨頭都變輕了，哪能積起錢來放大賑啊！」

有人送來一盆炭火，幾個驢馱販脫下衣裳，擰去了水，在火上烘著，等一歇，又有人送飯來了，平常的茶飯，加上一盆熱湯，但在幾個飢腸轆轆的人的嘴裏，可要比在野鋪叫的滿桌子大魚大肉更香。

吃到末尾，又上來一樣東西，大夥兒伸頭一看，原來是昨天塞給那老頭的——一盤子夾肉燒餅。

這一回，他們津津有味的吃了。

桌面上沒留下一粒芝麻。

邊關遺事

盛夏還沒來，關外漠地上卻有著反常的酷熱。

沒有風去招展疲憊的軍旗。解糧官胯下那匹棗色的瘦馬，也彷彿耐不住燠悶，不斷的搖尾噴鼻，顛躓不安。

解糧官左右的從騎五六匹，說來是馬，看著像驢，好在馬背上的兵卒也矮小瘦弱，比映之下並不顯得突兀。和解糧官並騎而行的，是一個邊民裝束的中年漢子，鞍邊懸掛著馬刀，身上配著箭囊，看樣子是熟悉路途的嚮導。

運送糧草的有牛車、手車、馱負的騾馬，多半是由衣衫襤褸的民夫擔任的。

他們分成好幾隊，每一隊都有好幾十個兵卒護衛著，絡繹展延有好幾里路長。被蹈起的沙塵，把人畜包裹著，望過去濛濛的一片灰黃。

再後面，是隨軍出關的百姓，他們原就是關外的屯民，隨著戰爭情況奔來奔去，他們有的挽著牲口，有的推著車，有的挑著雜物行李，糾結成團的朝前趕路，和解糧的行列前後相銜，倒顯得氣勢頗壯。

在高空盤旋的禿鷹，也驚於綿續的塵頭，骨碌碌的叫了起來。

「天熱，更顯得路長，」解糧官搖著馬鞭子，噓了口氣：「走得人困馬乏的。」

嚮導望著前路上無數的腳印和蹄痕，唇邊漾著苦笑：

「這點兒路不算長啦，大人，如今遼東早沒了，單落下遼溪這一角啦。早年拓邊兩千里，於今只剩四百多，這話怎麼講啊！」

「經略洪大人來後，會有個新局面的，」解糧官半是要安慰對方，半是安慰自己：「當年經略大人總制三邊，俘斬高迎祥，幾幾乎活擒李闖，可是戰功赫赫，如今集八鎮大軍，出關對付女真人，管保綽綽有餘。」

嚮導唇邊的苦笑更深了：

「游擊大人，您這是頭一回出關吧？」

「是呵！宣化府駐得好好兒的，沒料會調來邊荒塞外，說來也怪，這是部落土民，怎會屢敗天朝大軍的?!」

解糧官手按著佩刀的刀柄，明顯有些不服氣的神情：「我說沙奇，你在遼東多年，你該眼見不少啊！」

「不錯，」嚮導說：「小孩沒娘，說來話可長著哪！……於今講那些，有啥用呢？……嗨，春天這麼燠熱，我倒是頭一遭經歷呢！」

他存心岔開話頭，把一聲嘆息吐在沉遲燠悶的大氣中。軍旗垂溢，行列朝寧遠那個方向緩緩跋涉著。

在隨軍的百姓之中，有個拽起長衫，牽著毛驢的年輕漢子，特別引人注目，毛驢背上，坐著一個病懨懨的老婦人，用藍巾包著頭，想來是那漢子的老娘，他的衣衫裝束，不同於久在邊地生活的人，極可能是新從內地奔來，出關投親訪故的。

年輕人長得頎長挺拔，眉宇間有分斯文雅氣，像是個讀書人，但他腰間懸著一柄寶劍；為了趕長路，他捲起褲管，腳下登著一雙已顯破舊的草鞋，這和他上身的長衫頗不相稱，秀才的臉，武士的劍，公子的衫，耕田的腳，這四種不可能捏攏的，竟然捏合在他身上，無怪前後的人都要多看他兩眼了。

過了白廟子，他們趕上了一批在路邊歇著的，其中一個鬍子業已花白的老者，看見那個佩劍的年輕人，便過來熱切的招呼說：

「見農少爺，您的腳程真快，說來就趕上來啦！」

「啊，張老爹。」年輕人說：「您怎麼還留在這兒呢？算日子，早該趕到錦州啦！」

「經略大人的大軍屯在營盤子，」張老爹說：「一位官差持著牌子來通告，說是洪大人有諭：現今女真正圍困錦州和大凌河城，大軍正準備集結迎戰，以解錦州之圍，隨軍出關的百姓，一律不得超過寧遠那一線，咱們不得不停頓下來，再行計較啦！」

「前頭若真有戰事，這倒是應當的，」見農說：「百姓夾在大軍之中，是個累贅，本身確也危險。」

「這個，咱們都知道啊！」張老爹鬍梢子哆嗦著，都快急出淚來了：「見農少爺，您是知道的，去年女真犯境，把咱們許多家口，全用麻索鎖頸，趕牲口一般的趕出關，是作僕為奴？還是殺害了？如今生死不知，咱們能不著急麼?!」

「張老爹，您空急也沒有用啊！」驢背上的老婦人說：「女真人蠻悍，不會放回被擄的人啊！」

「咱們聽說唐副將升任東協總兵，招丁募勇，原打算離家前去投效的，」一個黑臉漢子說：「等咱們趕至京裏，才聽說唐大人已領軍開拔了，咱們一路追過來，也還是打定投軍主意的，若能勝得這一仗，說不定就能逼著女真人釋回被擄的人來呢！」

「說的也是，」見農喟嘆說：「於今關內鬧李闖，關外鬧女真，大明最後能用的八鎮兵馬，都已出了關，這一仗若不能勝麼，咱們百姓的，朝後沒有日子過了！」

「到底是讀書有見識的，」張老爹說：「我這把老骨頭，也寧願賣上，要是唐大人肯要我的話。」

「像您老人家這把年紀，人家會要嗎？」黑臉漢子說：「真砍實殺的兩軍戰陣，可不是鬧著玩的。」

「嫌我老？」張老爹瞪他一眼：「埋鍋造飯，運糧送草，他需不需得人手？我像土氣的老驢，耐性足，挑著擔子，一天能趕八十里地，哪點不如人？」

「要是有機會，你們就讓老爹去試試吧，劍柄握在見農手上：「我若能找著二叔，安頓了老娘，我也會去投軍的。」見農說著，兩眼禁不住的紅濕起來。

幼小時刻，曾聽人講過沿海的倭患，生長在青州府城，他卻從沒見過倭寇的影子。父親李如卿讀書灌菜園子，練得一手滄州拳，平素從沒顯露過。

二叔如相生性剛蠻，十來歲就跟隨鄉里的人出關闖盪，一去近三十年，只通過幾次消息，先說是在開原、鐵嶺作買賣，薩爾滸戰後，六堡盡失，聽說他又轉到遼陽，那之後，邊地逼退寧遠，他就再無音訊了！

上回女真鐵騎突破長城多處隘口，直逼內地，連濟南省城也被攻陷了，那些盤辮子女真兵陷青州，父親攘臂而起，召聚鄉黨協助官兵作城守，破城後，率眾退扼家宅，被敵兵縱火焚死在他心愛的書堆裏。

真正為國壯烈死難的，算是有福氣的，像前兵部孫承宗老大人，率民軍死守高陽，城破殉難，盧象昇大人抵死禦敵，五千子弟全部死事沙場。活著被擄的，和牲口同著當頭數來數，一擄擄了五十多萬人丁，那那還算人啦？

家破了，人散了，李闖的賊兵窮據三邊，轉朝東犯，普天之下，哪兒可投可奔呢？先到滄州投奔習武的師父，說是投軍去了，入的是東協唐大人麾下，走投無路，便想起如相二叔來，總得要安頓老娘，才好投軍報國啊！但關外窮荒漠漠，烽火連天，哪兒能找得到李如相這麼一個人呢？

「見農少爺，甭犯愁啊！」張老爹彷彿看透了對方的心事，安慰說：「您二叔相如，是個很四海的人物，我相信他只要活著，您總會找到他的。」

「李二爺苦練滄州拳，是個會家，」黑臉漢子也說：「在遼東闖蕩，該能自保啊！」

「這可說不定哪，」見農的老娘哼著說：「見農他爹更是會家，一樣被女真兵焚死，刀劍拳腳，平時防身禦盜是管用，到了兩軍戰陣上，可不是萬靈丹，盤辮子女真兵萬馬奔騰，箭像雨點，人麼，再強也是血肉身子，誰能擋得了呢？」她邊說著，邊喀喘起來。

「娘，您甭說話傷神了，」見農趕急過去撫拍做娘的肩背說：「如今既暫時不能朝前走，孩兒就扶您下來，胡亂歇一陣吧！」

「嗨，這幾年，我一直懸掛著你二叔的生死，除了禱天念佛，我可……無能為力了！」

白廟子附近的野地，青草叢生，居然有兩隻絞飛而過的蝴蝶，顯出牠們輕盈的姿影，彷彿只有人，被遺落在景物之外，談著說著，是戰亂的滄桑，不談不說，也悶飲著茫茫前路上的悲憤和憂愁。

戰火橫在眼前，他們畢竟仍在人生的路上。

天還沒全落黑呢，斥斥的梆聲就響過了。

女真人的大軍，就屯紮在河對岸二十里遠近的崗陵間，一時並沒有緊圍直犯的意思，城外的幾座邊屯，照樣顯得熱鬧，若干酒舖子，擠滿了嗜飲的老屯戶、輪替歇息的官兵、蒙古兀哈良的騎士、和少數由關內來作買賣的客商。

屯口一家小酒舖裡，掌上燭火的桌面上，分據著四五個老屯戶，叫了酒菜，邊喝邊聊著。一小隊巡騎，困乏的策馬經過，馬匹的噴鼻聲，微微波盪了沉遲的大氣，舖裏的飲者抬頭朝外望望，騎影掩進暮色，其中一個精瘦的漢子開了口：「二哥，您真的急著入關麼？在這種緊要的時辰？」

被稱作二哥的，是個兩鬢斑白的老者，他旋弄著酒杯，硬憋著不作聲，過了好半晌，才幽幽吁出口氣。

「我留下，還能幹什麼呢？這許多年，能幹的，該幹的，我都幹過了。從頭到腳，這一身傷疤就是我的言語，如今，弓不能挽，馬不能騎，不歇手也不行啦！」

「說的也是，」高壯的一個說：「說走，不甘心，說留，也不是法子，真它娘悶煞！」

「我算一切都認了。」斑鬢的老者說。他說這話時，眉沒動，眼沒抬，語音喃喃，彷彿說給他自己聽：「這幾十年，像作噩夢似的，當真要把這身傷殘了的老骨頭，遺落荒外，肥了青草，讓三衛韃子們餵馬麼？」

「許是咱們全沒安家落戶的命吧？」眉心有刀疤的一個說：「喝酒吧，今晚黑，咱們只替二哥送行。」

斑鬢老者端起杯酒，有些渾濁，他搖了搖，濁濁的酒液依稀映亮他的眼眉，一剎間，幾十年的歲月走過，臨別回首，有多少充滿不堪的情境，真能忘卻麼？……有苦心裏明，能吐給誰聽呢？

初離青州府老家，跟著一批有志實邊的鄉親到遼東，那還是萬曆老皇爺在位的年間啦，那時邊地有多廣，過了遼瀋兩大城，還得趕多天才到邊境六堡，開原、鐵嶺、撫順關，也都駐有戍卒，揚列著大明的旗旛。邊關集市那麼熱鬧，各類貨品山積著，火藥、皮毛、松子、人蔘、鐵鍋、牲畜……，不管是葉赫、哈達、生女真那族，交易都那麼爽利，彼此都認為有賺頭。那樣的日子沒過多久，女真的鐵騎便出沒渾河兩岸，威脅到六堡的屯民。

二年的春天，明廷招討大軍壓境，薩爾滸那一戰，嗨，想著想著就會嘆出聲。

「喝呀，二哥，」精瘦的漢子說：「早年的事，甭再去想了，咱們雖沒投軍吃糧，摸著良心，那場仗咱哥們也不是沒盡過全力啊！」

斑鬢的老者苦笑笑：

「人，若真能忘記什麼，那倒好了，去年女真的兵馬，繞開山海關，衝破長城隘，關內五州六府全是兵鋒，咱那青州老家也叫掃破了，家人子姪，音訊全無，我能安得下心麼？」

「有許多事，咱們小民百姓，怕永遠也弄不明白了。」高壯的那個說：「萬曆、天啟到崇禎朝，明廷不是沒將才，像早年的劉綎總兵，及後的熊經略，袁巡撫，孫尚書，凡能穩住大局的將帥，黜的黜，砍得砍，全耗盡了，這究竟是啥道理？」

「說來都怪那些沒鳥的閹宦，」精瘦那個啐了一口，舉起袖子擦著嘴唇：「一個魏忠賢，江山就毀掉大半邊，它娘的，忠什麼忠？賢什麼賢？朝廷盡弄些群小來將將，打勝仗，他們居功，打敗仗，砍別人腦袋，這個仗，朝後怎麼打法？」

「有將無兵也是空的，」高壯的一個說：「有兵無械一樣不成。於今關內流寇四起，守在這兒的，兵都老弱，馬瘦毛長，刀也鈍，矛也禿，數數人頭不少什麼，但餉糧不濟，個個餓得直不起腰，當年劉綎大人不就是這麼敗陣的嗎？……傳說他起兵祭旗，屠一條牛，三刀都砍不下牛頭，兵弱刀鈍可想而知，用這樣的兵和械去打女真，劉綎大人心裏早該有數了，良將又有什麼用呢？」

「今晚黑，也不必議論這些了。」斑鬢老者說：「女真大軍就隔著河，幾位弟臺，照前人的樣子撐著吧！古人說：小命由人，大命由天，咱們盡力搏命，求個心安。你們幾個，為祖大人鑄銃砲，造刀矛，都還是有用之身，不像我傷筋斷骨，連上馬都要人扶，這趟回青州，若能找到家人，我是死也瞑目啦！」

「您今晚就要趕去佟家屯嗎？」

「是啊，」斑鬢老者說：「喝完這壺酒就該動身啦！送君千里，終須一別，烽火連天的日子，何時能再……見面，真不敢想了。」

「二哥不用傷感，」高壯的那個說：「聞說洪經略業已經領大軍出關，大小凌河惡戰難免，咱們怨歸怨，幹歸幹，決計死守錦州，若能乘勝衝過陵河，那是最好，若是錦州城破，您聽到消息，燒幾張紙箔，潑杯酒就夠了！」

酒盡時，漠原上起了風，風勢並不勁猛，幾個漢子走出酒舖，扶斑鬢老者上馬，把解下的轠繩遞在他手裏，在屯口微露燈火中道別，然後分別上馬，一騎奔南，數騎奔北，轉瞬間，騎影就被廣大黝黯的漠原吞沒了。

此時此刻，從關內到關外，無數人的命運，也都像黑夜漠原上奔馳的騎影，它挾風而過，奔成一些鮮為人知的過往，雖是卑微，卻仍是歷史浮沫，隱含著生命的悸動。

風大起來，騎影過處，天上連一粒星也看不見。

從錦西到寧遠，一路上全是兵馬旗旛，儘管上頭有令，禁止百姓湧入屯軍的城市，但更多的流民百姓還是湧了進來，很多是隨著一批批運送糧秣的隊伍過來的，大軍為了豐足囤糧，便於進攻，不得不借這些百姓之力，絡繹運送囤聚，這樣一來，前令就等於虛設了。

在這許多萬的百姓裏，一部分是自宣化、大同各州府縣來的，他們是躲避李闖的兵鋒；一部分來自青袞幽燕，主要是因為家口被擄，求贖無門，聞得八鎮大軍北上，便跟著出關，希望能經此一戰，直搗興京，他們便能接出被擄的家人；還有一部分是新的屯民，橫豎關內活不下去了，遼東地大人稀，只要明君能維持個局面，他們就能墾拓安身。

斑鬢的老者李如相經過這裏，遇上唐總兵麾下一個千總，那人稱他李二叔，他卻全不認識對方。

「許多年啦，難怪您記不起，」那千總說：「當年我父親在青州設過武館，我姓鄭。」

「啊，我想起來了！」李如相說：「你是滄州鄭武師的少爺，鄭武師是家兄的同門師兄，真沒想到一別多年，會在這兒遇上呢！」

「您是打錦州過來？」鄭千總說。

「是啊，」李如相說：「我打算回青州老家看看，這些年沒通音訊，不知兄嫂和姪子活得如何了？」

「李二叔，我看您不必奔波了。」鄭千總說：「最近有一夥人到唐大人這兒來投軍，他們都是青州來的，其中有兩位是認識的，他們說是在路上見過您的姪少爺見農，奉如卿孀出關來了！」

「沒看著家兄麼？」李如相問說。

「該怎麼說呢？」鄭千總為難的說：「去年女真破青州，李大叔……他已經殉難了！」

李如相瞪大兩眼，神情木然的接受了這個噩耗，他接著催促對方再講下去。

「詳細情形，我也不清楚。」鄭千總說：「不過，那位張壽千老爹，現今在唐大人的營裏，我只要請他和您見一面，一切原委就都明白了。」

原是悲愴欲絕，一心想回去青州府去的李如相，邂逅了鄭千總之後，不得不留在寧遠城，探詢寡嫂和姪子的消息了。

他會見了張壽千老爹，談起來才知是幼時見過面的老街坊。張老爹一把鼻涕一把淚，說起虜騎南下，大破青州的情形，李如相只是默默的聽著。

過去幾十年的經歷，已經使他飽嘗了戰亂的滋味，有許多場景，論悲慘比之青州被破尤甚，明廷積弱，閹宦弄權，禍延各方百姓，悲也悲過了，慘也慘過了，有什麼好說的呢？……最後，張老爹講到他兄長如卿，被女真人縱火焚死在書堆裏，他久已乾涸的眼裏有了一絲濕潤。

關內承平年月太久，民不知兵，奉讀經書所講的道理，本身都沒有錯，但在兩軍對陣時刻，書本是救不了人的。自己兄弟修武術，也有行俠仗義的心胸，但當天下滔滔的時刻，個人的武術擊技，就算能練到作百人敵的程度，也無挽於整個大局，這早在薩爾滸和遼瀋的戰事中，自己業已深深體會到了。

以如此崩朽的朝廷，如此疲頓的民風，如何能練得精軍勁卒，去對抗新崛起的女真呢？

「您確曾在路上遇見家嫂和見農姪子麼？」過了好半晌，他才開口問說。

「千真萬確，」張老爹說：「在白廟子歇息時遇上，還談說一陣呢！」

「知道他們在哪兒嗎？」

「後來，咱們去唐大人麾下投軍，就分開啦！他們也可能留在這一帶尋訪你，也可能朝錦州那邊去了。」

「嗨，這一帶軍民上百萬，一時怎能找到他們？」

「您也別急，二叔。」鄭千總說：「既然知道他們來了，耐心尋訪，總能找到的，咱們總兵大人，聽說您由錦州過來，又親身參與過前此的戰事，很想見見您呢！」

李如相嘆了口氣：

「我這樣老朽衰殘的人，還能為唐大人效力嗎？」

「當然能！」鄭千總說：「不是我替咱們主將吹噓，在這八鎮總兵裏頭，真正勇悍知兵的，只有東協唐大人，但他只是屢勝李闖，從沒和女真交過手，您若能把早年和女真人交鋒的經驗，稟告唐大人，不久大戰之中，一定會有用處的。」

「嗯，這倒是實在話。」李如相眼裡閃出了光彩。

「您會想得到的，」鄭千總又說：「遼東的戰事，咱們這多年來屢戰屢敗，就算昔年的名將熊廷弼、袁崇煥、孫承宗，連如今的祖大壽在內，都只能做到一個守字，從沒有人能以攻撲取勝。這一回，朝廷業已把能用的兵，全都調集出關了，總兵有步軍十多萬，馬軍四萬左右，未來這一仗，可說和大明基業攸關啦！」

「恐怕還不只於此，」李如相沉沉的說：「這不是一般的改朝換代，漢民族若不能自主中原，那可是奇慘啦！……請回覆總兵大人，就說草民李如相願意戮力報效就是了！」

在刁斗森嚴的中軍營帳裏，搖曳的燭光之下，唐總兵召見了斑鬢老者李如相，李如相在禮畢落坐後，認真打量過對方，這位臉龐略顯瘦削的將軍，布滿精敏堅毅的神情，他說話爽朗而不客套，使李如相敢於直言。

「咱們還管它叫女真蠻族是吧？」唐大人說：「其實，他們早在努爾哈赤手上，立都建國，皇太極繼統，已定了大清的國號，和大明分庭抗禮啦！」

「您說的全是事實。」李如相說：「幾十年的變化多麼大啊！當年開設建州三衛，葉赫、哈達，都只是大明的臣藩部落，生女真也逐年進貢的。草民出關後，在開原城落腳，和番民們做買賣，咱們慣稱對方叫三衛韃子，對方並不以為忤，給他們兩碗酒、一塊肉，高興得什麼似的，但後尾兒就不一樣嘍！」

「就算雙方敵對，我也從沒看輕過努爾哈赤那族人，尤其是努爾哈赤本人，他的智謀、膽識、胸襟、氣度，都不是常人能比的，他在世時，征葉赫，降哈達，威懾內外蒙各汗國，千里邦畿，滴滴血汗哪！但大明出關之將，也都是赫赫有功的名將，怎麼會總遭敗績的呢？」

「拋開京師閹宦弄權不論，容草民斗膽直言，」李如相忍不住激動的說：「單就兩軍戰陣來講，大都是敗在先輕放，後膽怯上。咱們出征時，空見旗號鮮明，骨子裡卻是兵疲械朽，馬瘦毛長。還自以為天朝大軍一發，對方便會奪命奔逃呢！但女真八旗，全都是精強的銳卒，個個身經百戰，既能翻山越嶺，又能衝鋒陷陣，這絕非關內流民草寇能比得的。」

「這是能想得到的，」唐總兵說：「女真人長年游牧，在冰天地裏打熬筋骨，身體自然強壯，但使他們成為井然有度的節制之師，這並不簡單啦！你曾參與過早期的戰事，對這方面，總有些認識吧？」

「努爾哈赤父子族姪人等，個個都知兵善用，」李如相說：「薩爾滸那一戰，旬日之內，能分頭擊滅號稱四十萬的明朝大軍，這哪兒是烏合之眾能辦得到的？緊接著攻戰瀋陽遼陽兩座大城，和野戰有所不同了，對於攻城拔寨，斬將奪旗，他們又有另一套，這都是長年攻伐磨練出來的。做買賣的人常說：不怕不識貨，單怕貨比貨，兩軍一對陣，雙方的優劣，連外行人也比得出來啊！」

「你說的確也是事實，」唐總兵頗有興致的說：「他們通常的戰法是怎樣的呢？」

「女真人在努爾哈赤手上就建了八旗兵制，每旗也不過七千五百足額的兵。」李如相說：「這些兵由各旗領地的人分養著，平時不事生產漁牧，專一演練兵仗陣法，一遇戰事，立即可以出兵。他們兵分為步騎，步軍又分鐵甲和輕甲，鐵甲兵是陣列前鋒的主兵，刀闊矛長，棉衣裏裹著兩分厚的鐵葉子，擋得弩箭和刀矛；輕甲兵多半是弓箭手，和突出掩殺的飛軍，他們裝束輕靈，行動便捷，踹陣勇猛和野獸一般。由於地形熟悉，臨陣前，他們往往搶居高位，把他們的騎兵匿伏在山岡林叢之後，看準時機，一聲號砲，便萬馬奔騰，殺聲匝地的橫剪敵陣。草民經歷多次野戰，他們的戰法大多如此。」

「按理說，這種戰法並不新奇，漢軍早已使用多年了！」唐總兵上身朝後微仰，想了想說：「我想，他們臨陣不亂，和他們的兵制有關，一旗就是一個家族，父子叔姪一起上陣，彼此都是熟悉的，單看旗幟就一目了然，即使被衝散了，整合起來也很容易。最重要的是，他們在淞遼腹地——根生之土作戰，給養取得容易，無所謂的餉糧之費，咱們卻離中原數千里，一軍孤懸荒外，運補艱難，俗說：人是鐵，飯是鋼，吃不飽飯，仗怎麼個打法呢？」

「鄭千總盛讚大人知兵，果不虛傳，」李如相起身拱揖說：「草民的看法和大人略同，反過來看大明的軍隊，大都是臨時招募來的，多數是老弱飢民，入營混口飯吃，倉促成軍，又毫無訓練，臨陣時多成女真兵的活標靶，將帥再勇，也無濟於事啊！」

「這也多是實情！」唐總兵說：「為將的人，在臨敵之前不能不在知己知彼這方面多下功夫，當年熊廷弼、袁崇煥、孫承宗諸位大人，之所以能固邊禦敵，都是深諳此理，勇將杜松之所以在薩爾滸首戰敗績，也就是輕敵的緣故。目前戍守錦州的祖大人，著逸卒在重圍中傳信出來，稟告經略大人，要大軍使用車陣，緩緩前移，正是這個道理。虜騎驃悍，合馬交鋒定吃大虧啊！」

唐總兵大略分析過當前的情形，八鎮之兵，人數上雖多至十六七萬，但都是臨時捏合起來的，一部分是經略在陝北帶領的舊部，一部分是袁崇煥大人的舊部，一部分是各地鎮兵額兵混編，再加擴充而成的，戰力參差甚大，領軍將領的想法又自不同，最後他說：

「本鎮這次出關，是抱著和敵擄拼個死活的心情來的，你該知道，我這個東協萬把人，十有七八也是臨時拼湊起來的，我從陝西帶過來的老部下也不過兩千多人，這些兵屢挫流寇，我信得過他們，趁著大軍未和女真交手這段時間，我要用老兵帶新兵的法子極力整頓他們，你是拳術擊技的行家，我請你幫這個忙，助我練兵，日後真和女真人接仗，也需要你多拿主意呢！」

「嗨，我雖是老朽衰殘了，但還能做點兒事，算是報大人知遇之恩吧。不過，草民有寡嫂幼姪，聽說也已出關，草民急著尋找他們，若見面後替他們找個安頓的地方，就再無罣慮啦！」

「這不要緊，」唐總兵說：「本鎮這就關照鄭千總，多派些人手出去幫你打聽，但練兵更是十萬火急的事，咱們再沒時間啦！」

前面的錦州城，早就陷在層層圍困之中，洪經略召集各總兵共商進軍破敵之策，唐燮蛟堅持採用祖大壽緩進之法，那就是採用車陣，護著囤積的餉糧，由塔山進入杏山堅壘，再由杏山轉入錦州西南，再和苦守待援的錦州總兵祖大壽連絡，雙方會師後，再覓機和女真決戰。

寧遠總兵吳三桂認為此法太緩，他估計祖大壽在失去兀良哈騎兵支持之後，已經無法把錦州守的太久，極力主張先撥一軍，衝入錦州，和祖部會合，增強城守，再行緩進之法。

宣府總兵楊國柱是個火爆性子，不耐煩聽緩進應敵那一套，罵說：「管他什麼黃臺吉黑臺吉，咱們揮軍放馬，一逕掩殺過去，解錦州之圍，救出祖大壽不就得了！本鎮不信那些拖辮子女真兵，真有三頭六臂。」

「哈哈，」經略宏聲笑說：「那是你還沒和對方交手，事情真要這麼簡單，早先那些名將，怎會陣歿的陣歿，伏誅的伏誅呢？女真由游牧蠻族，全力拓展，先稱後金，再立都建國，降朝鮮，伏內蒙，業已是橫跨千里之國，祖總兵他力扼邊關多年，對女真用兵瞭如指掌，他的看法沒錯，諸位千萬不能存輕敵之念啦！」

「那咱們究竟該何時揮軍前指呢？」新換上來的遼東總兵王廷臣說。

「祖將軍他認為，至少要囤足一年的糧草，才談得上進攻，所以這兩個月來，練兵運糧，最為孔亟，」經略說：「諸位認真想想，大軍壓入女真腹地，對方會遺下糧草給我軍麼？到時候，想搶敵糧也搶不著，城守缺糧，還能困苦撐熬些時日，野戰無糧，大軍立潰，考諸古來的戰爭，例證太多啦！祖大壽是個良將，本督決意在囤足糧草後，用他的以軍護糧方策，節節推進，穩字為先。」

「下官贊成大人的卓見！」唐總兵、王總兵都這樣說，性急的楊總兵雖暗地裏氣不服，也不便再說什麼了。

事情的發展變化多端，有些是經略大人也作不了主的，盛暑時刻，兵部郎中張若麒，奉旨趕到寧遠，皇上的旨意，責洪經略浪費國帑，屯軍不發，坐視錦州被圍，催促立即發兵。

聖旨大如天，怎麼辦呢?唯一的一條路就是立即出兵，對敵速戰了。一旦改採速戰之法，就無法將大批糧餉隨軍攜帶，經略決定先將大批糧草運至接近塔山、杏山、松山諸堡外的筆架崗，留一撥兵馬護守著，又令各種兵挑選半數精銳，總合步騎六萬，先行進至松山，在堡外依著山勢紮營列陣，七座大營相互銜接，一直綿延到錦州城北的乳峰崗，唐總兵的營帳，位處經略大人的營帳之右，當天夜晚，唐總兵召了李如相入帳，計議應敵之策。

「說來有些怪，」唐總兵說：「對方明知咱們大軍出動，是要來解錦州之圍的，他們並沒遣軍迎頭堵襲，一路上，只遙見少數的游騎探馬，如今，女真的大軍在哪裏，咱們根本弄不清，這樣待敵，完全被動，換句話說，就是等著挨打，真不是辦法啊！」

「聖旨要這麼做，有什麼辦法?」李如相說：「京師大內又怎會知道沙場的苦況?對方的皇太極，用兵奇詭，假如他用一軍從咱們後方橫劃，切斷咱們的糧道，再以奇軍突襲筆架崗，搶走了大軍苦苦囤積的糧草，經略大人又將如之何呢！」

「對方若真照你說的這麼做，那就……太可怕了！」唐總兵打了個寒噤說：「咱們隨軍攜帶的，不過五六天的糧草，囤糧若是落入女真之手，這場仗就沒法子打了！」

「依草民料斷，對方會這樣做的，」李如相說：「女真人凡是遇上對明軍大規模的作戰，通常都由他們國主皇太極親自領軍，他麾下多得是能征慣戰的親王貝勒，像多爾袞，多鐸，濟爾哈朗，阿泰、代善……每人都能獨當一面，明軍的缺失，他們看得很清楚啊！」

「松山這一戰，關係重大，」唐燮蛟沉吟了一陣：「一旦敗績，隨軍出關的百姓，又將遭到大劫。京師不明白敵我情勢，硬請下聖旨，把大軍逼於險境。我除提領本部兵馬，死命殺敵外，其餘的事只能聽諸天命啦！……假如我能親領驃騎銳卒，決心擒賊擒王，也許有助整個大局，你覺得如何？」

「以奇制奇，倒是個極好的辦法，」李如相說：「但大人單提一部人馬，想衝皇太極的御營，勢單力薄，成事的機會微乎其微，不過，這樣做有驚懾作用，使其他各路兵馬，增加克敵的機會。」

「若能如此，也就值得了！」唐總兵寬慰的噓了一口氣。

營帳外面，深沉的夜色圍逼著，安靜得出奇，久經沙場的人，不難嗅得出大戰之前的緊張氣味。帳裏坐著的兩個人，無言的對望著，這時候，已沒有總兵和邊民之別，以眼觀心，兩人都爽然的微笑起來。

戰事進行，全如唐李二人所料，女真大軍放開明軍主力不攻，卻從南面直劑，橫斷了明軍的糧道，然後分軍擊破筆架崗護糧的明軍，把經略苦苦轉運囤積的糧草，全部擄獲，赴援錦州的前師各營，都只帶有五七日的行糧，一聽到這個消息，驚恐混亂已極，經略趕緊下令，把各部集中到松山城外，環山列成堅陣，外掘長壕數重，按兵待敵，想找機會突圍。

但女真兵卻不急於踹陣攻撲，只相隔數里加以困圍，只以探馬遊騎，不時繞陣巡奔，那些邊馬，油肥碩壯，奔馳時神采飛揚，馬背上的女真兵，個個矯健壯悍，守兵看在眼裏，都面露驚惶之色。

「這都是訓練有素的精騎，」唐總兵看了，對李如相說：「我算初初見識到了。」

「他們確實勇悍，」李如相說：「胳膊像海碗，肌膚像紅銅，長年累月打熬出來的，他們裏面，力能開三百斤鐵胎硬弓的，不在少數，有些牛彔額真、甲喇額真，能開合十五人之力的硬弓，這種體魄，明軍裏很少找得到的。這些年來，也只有袁崇煥、祖大壽兩位大人，用西洋的紅夷大砲制過他們。不過，如今他們得到降將孔有德、耿仲明運去的大砲，業以能夠自製紅衣大將軍砲用在戰陣上啦！據說臨陣操發火砲的，都是漢人編成的天祐軍和天助軍呢！」

「女真能用這樣多的漢人來打漢人，不能不說皇太極著實高明，他如今以一國之尊，親自領軍臨陣，可又是咱們朝廷不能比的了。我愈想愈覺得以一鎮之兵，去力搏他一人，是划得來的事，若能一舉奏功，使他們國主陣歿，這場仗或許有挽回的希望呢！」

「一旦開戰，認著正黃旗打，看準覆有黃蓋的地方，那就是他們皇太極的御營了！」李如相說：「草民儘管傷殘不便，也願意跟著您踹陣，這樣，死也死得爽快！」

女真按兵不攻，愈使經略焦急，他終於下令，各路總軍率領本部兵馬，在白天分別奪路突圍，經杏山、塔山之線，退據寧遠城。

突圍的各隊搖旗吶喊，放馬直衝女真的營盤，初時只見旌旗遍野，人馬如潮，確也有一番氣勢，但一當逼近女真營盤，對方便將紅衣大將軍砲一齊施放，霎時雷鳴電閃，土崩塵揚，領頭的楊國柱那一軍陷入砲火之中，被炸得人仰馬翻。

在宣化府軍朝後閃退之際，女真開柵而出，步隊前衝，弓弩繼發，然後馬隊從斜刺裏奔騰而出，殺聲匝地的咬進明軍陣中，滾成團兒蟻鬥起來。

出關的明軍這算是在曠野和丘陵間初會女真兵，對方的身形、武器、勇憨的衝殺精神，都使疲弱的明軍驚怯。

不同的旗幟飛揚而上，蒙古的兀良哈，察哈爾的騎兵，也都闖陣而前，過不一會兒，明軍的陣腳搖動，開始奪路潰奔，位於南路右翼的兩支兵，吳三桂和王樸已經率部逃離了戰場，緊跟著，白慶恩、馬科、唐通三支兵馬，也和經略的中軍失去聯絡，陷在沙場苦苦鏖殺的，只有楊國柱、唐爕蛟，王延臣三路，加上經略護營人馬，總兵不足兩萬人。

而對方合滿軍四旗，漢軍兩旗，兀良哈一旗，察哈爾兩旗，不斷投入戰場，明軍被圍在陣中，只有死命的衝突，衝出一處纏鬥圈，又陷進另一處纏鬥圈，隨著沙塵的飛揚，戰旗的揮動，雙方喊殺連連，兵器交擊，只一會兒工夫，便屍身枕藉，地面遍是殘肢斷骨，染血的旗旛。

楊國柱的所部首當其衝，戰情尤為慘烈。

唐爕蛟在重圍之中，維持著整然的陣形，緩緩南移，他和遊俠李如相並馬立在較高坡地上，招起手棚，瞭望正黃旗的女真兵的動向。為了減輕未來拼搏時的傷痛，李如相事先已用白布緊裹腰脅和肩膊的傷處，決心搏命了。

按常理，唐部應該鼓陣而前，緩緩挺進，去增援陷在惡鬥中的楊部，但唐爕蛟已然看出，即使如此，也只是增加犧牲而已。

「大人，您看，正黃旗在偏南出現啦！」李如相遙指著官道東面的野地：「這一旗，是他們國主的護駕軍，高挑皇蓋的地方，就是皇太極的御營了！」

「咱們轉出楊軍的陣右，直接掩殺過去！」唐總兵掄刀潑吼，一面揮動了令旗。

松山城外，一直綿延到海濱，到處都是見血鏖殺的人陣，沙塵，硝煙，疾馳的馬群，滾地的部隊，棄落的旗幟，縱橫的人與馬的屍體。唐燮蛟這股人，個個精赤著胳膊，橫著單刀，呈鍥形堅陣，朝前滾殺，他們步騎協力，認定一個目標——正黃旗直撲過去。

在各軍皆動之時，獨有女真正黃旗一軍，列陣在較後的崗埠間，勒馬未動，唐軍以銳不可當之勢，匝地撲殺上來，女真步騎不得不挺出應戰了。

唐部數千勁卒，在陝北剿李闖有年，人人都有豐富的臨陣經驗，加上這一回他們抱定豁命的決心，在唐總兵親自帶領下朝前突進，李如相全身纏著白布，揮動鈍背馬刀，更像兇神惡煞般的殺得敵騎四潰。

「不好了！這人比祖二瘋子更兇啊！（**祖大弼，大壽之弟，稱萬人敵，曾以數十騎衝皇太極御營，刀刃幾及皇太極馬腹。**）」有人在狂呼著。

唐部突然出陣，做瘋狂的掩殺，使楊部所受的壓力大為減輕，饒是如此，和多數圍敵酣戰的楊總兵，卻以身中三刀兩劍，被護兵救下來時，已奄奄一息了。

皇太極的御營有重兵層層護衛著，火砲先發，繼以弩劍，最後是多層鐵甲，更有兩隊騎兵，分從左右絞襲，不管唐部如何驍勇，想一舉襲破御營卻不是容易的事。

雙方鏖戰了半個時辰，唐部都已被眾多的女真兵膠著在原地，傷亡頗重，無力再朝前進了。這時女真的國主正立馬在坡崗上觀戰，他用鞭梢指著在馬上盤旋決盪的一個漢子說：

「這個人，朕像在哪兒見過？……一時竟想不起了。」

「主上，」一個貝勒說：「臣識得這個人，他叫李如相，薩爾滸戰事，他在劉綎那路做嚮導，他是開原附近，上六堡的屯民。」

「朕攻打遼陽，他也在啊！」皇太極說：「他滿身傷疤，這麼大把年紀了，還在死戰，真是一條漢子，衝御營的主意，一定是他出的。」

「加派弓弩手，把他解決了吧。」貝勒說。

皇太極搖手止住了他說：「不用，他已受了新創，快落馬了。」

李如相真的快落馬了，他原和唐總兵並騎衝進敵陣，跟隨他們的，還有百多名單刀手，殺得那些素稱蠻悍的女真兵也抵擋不住，但對方的兵力越集越厚，隨著後面大旗的揮動，鑲黃旗，正白旗，都斜奔來援，那些鐵甲兵挺著長矛，很不容易砍倒，而飛蝗般的弩劍，又會傷人傷馬。

逐漸的，對方發現他們是領軍的人物，立即聚眾飛圍過來，殺退一層又是一層，上前和他們合馬交戰的，並非一般兵卒，而是他們的牛彔額真、梅喇額真，每個人都有些真本領，唐燮蛟大人被七八十個女真圍殺，負了重傷，李如相揮刀過去撲救，喊說：

「快護著大人後退，這裏我來擋著！」

唐部再是瘋狂勇悍，怎奈敵兵太多，御營防衛森嚴，加上主將負了重傷，不得不行後撤，李如相單人獨騎，在刺蝟般的矛尖下，又殺了十來個敵兵，但他的馬立即被射倒了。

女真兵湧上來想活捉他，他滾身躍起，瞋目橫劍，挺立在重圍中，那股氣勢，使對方不敢動他。

他全身濺著鮮血，肩上釘著劍，看來像個血人，冷冷環視著逼來的刀刃和槍尖。回歸青州的夢已碎，寡嫂幼姪尚沒見面。他對明廷振作從沒存過企望，原不想把老骨頭葬在邊荒的，最後卻做了這個選擇。無論如何，死後被踐屍踏骨，總比活著為奴要好！

「哈哈！」他朝空盪處大笑：「來吧！不來老子可要自己走了！」

他自己拎起髮，橫臂揮刀，把半落的頭顱拎在自己的手上，屍身扶刀直立著，顫顫的，但仍不倒下去。周圍的女真兵雖然身經百戰，像這樣駭人的場景卻從沒見過，誰能橫刀自刎後，把頭顱拎在自己手上？

一個領軍的額真首先放下鐵矛，屈膝跪了下去，緊跟著，四周女真兵也都放下武器，恭敬的伏身發拜起來。不一會兒，皇太極由群臣護駕，策白馬下崗來，親自看視這個壯烈犧牲的勇者。

「恭順王，」他回頭召喚漢軍降將孔有德說：「這人沒有軍籍，只是一個邊地的屯民，如今卻死得這樣英烈，你們漢語，該稱他什麼來著？」

「稟陛下，該稱他俠士！」孔有德臉泛羞紅說。

「就稱他英烈俠士吧，」皇太極拔劍躍馬，劍拍屍身的肩胛，認真的說：「用朕的黃縵裹屍，予以厚葬！」

松山之戰比薩爾滸之戰更快結束了，皇太極偵知明軍急於逃遁，將大軍預伏在其必經的隘道上，施行昏夜截擊，吳三桂、王樸，全軍覆沒，僅以身免，白慶恩、馬科、唐通，逃得不知去向，唐燮蛟、王廷臣，護著經略退守松山城。

十數萬大軍，被殲的總計有五萬八千多人，風是腥的，河是紅的，海岸邊的浮屍，像千萬隻海鳥，隨波漂浮著。

皇太極趁勝揮兵直下寧遠，一舉擄獲難民十多萬口，但在寧遠城外的岔道口，女真前隊遇上一個奉母佩劍的少年，他昂然的挽著牲口走著，一個山固額真叱他止步，一圈女真步隊圍住了他，這隊人正好是漢軍，那牛彔額真笑說：

「少年啦，你被擄了，還佩著劍做什麼？解下來吧！」

那年輕漢子停住腳步，笑笑說：

「我為什麼要聽你的？你們願意供人驅策，我可不願意。誰要逼我，誰就上來試試我的劍鋒。」

「咦！前不久出了個英烈俠士，老的死了，又換上一個小的，你沒抬頭看看，你抗得了大軍嗎？」

「當然抗不了。」年輕漢子把劍取在手上：「不過，我若求死，你們千軍萬馬，一樣抗不了我。女真向以驍勇為名，如果你們敢單打獨鬥，我奉陪到底。」

「好大的口氣，」那牛彔額真額現青筋，怒吼說：「把他拿下！」十多個女真漢軍舉著刀矛，作勢圍了上來，年輕漢子勒停牲口，緩緩抽出他的寶劍來。

這當口，後方白色旗旛飄動，大隊裹甲的女真兵趕了上來，一匹帶黑斑的白馬上，坐著個番裝錦衣的年輕漢子，左右護衛著好幾個錦衣策馬的少年。

那些漢軍不再向年輕漢子動手，卻繞著白馬發拜著，向王爺、貝勒爺請安。

王爺望了望被一圈兵圍在沙地中的年輕漢子和他的老娘，問說：

「是怎麼一回事？」

「稟睿王爺，」那牛彔額真說：「這小子不願降順大清國，指明約鬥呢！」

「嗯，倒是挺有骨氣的。」王爺策馬上前，用鞭梢指著那年輕漢子說：「既要約鬥，你通個名姓吧！」

「李見農。」那漢子挺立著，語音清朗的說。

「前些天才葬了一個姓李的，如今又冒出一個來了。」王爺旁邊一個貝勒說：「敢情又要討個英烈俠士麼？」

「不在兩軍戰陣上，咱們勝之不武。」睿王爺說：「殺了他，誰耐煩替他養這個病老娘！傳我的令箭，放他進關去吧！」

「放了我，你不會後悔？」年輕漢子收了劍。

「哈哈……」王爺仰天笑了起來：「我不讓你有機會做烈士，後悔的該是你呀！」

他說著，把鞭梢揮動，正白旗和鑲黃旗漢軍的大隊都繼續朝南開拔了，只有一支放行的令箭，扔在那年輕漢子面前的沙地上。

「孩子，你要做烈士，娘絕不會拖累你的。」病懨懨的老婦人用幽微的聲音說：「作僕為奴做孝子，就是漢族的逆子，還不如死了好呢！」

「多謝娘的教誨，」年輕漢子叩頭說：「日後孩兒會做個像人的人的。」

八旗大軍破寧遠，正向山海關挺進，馬匹和腳步，拖揚起一眼望不盡的胡塵，匝地招展的，再不見一面漢家旌旗，他噙著熱淚，撿起那支放行令箭，……於今，想找個做烈士的機會，也都不易呢！

他舉起淚眼望向南面的天空，捲雲橫壓著，誰知在未來時日，那塊地是適當的死所？目前總得安頓老娘啊！

……

三年後，他死在揚州城，史閣部的身邊。

多爾袞並沒後悔，因為沒有人認出他是誰，他只是一個抗清的明軍城守罷了。在最後巷戰中，他護衛閣部大人，他手中那柄寶劍，確曾斬掉十三顆女真的人頭。

愛的遭遇戰

范陵少尉是浙江麗水縣人，卻在北平長大，高中畢業後，投考空軍通訊學校，經畢業授階，分發到上海地區工作，空軍的通訊單位，在作戰時期，工作相當的忙碌，而這位新分發來的范少尉，管理總機卻非常的熟練，做得輕鬆愉快，使單位裡的長官同事刮目相看。

范陵是個有潔癖的人，他宿舍的床鋪經常保持高度的整潔，他的服裝儀表，一向十分注重，但他的生活卻多采多姿，一點也不呆板，他拉得一手好提琴，口琴也吹得呱呱叫。同時，他又是游泳好手、乒乓健將，跳起舞來，更風度翩翩，贏得舞王的雅號。

唯一的欠缺，是他還沒有女友。

「噯，小范，上海的妮兒都很大方，你怎麼不交個女朋友呢？」同事徐克說：「要不要我替你介紹一個？」

「我倒不是不交，只是還沒遇上中意的，」范陵說：「央人介紹，那倒免了，談戀愛最大的樂趣，是在『追』的過程上，惟有苦苦追求追上了，那才可大可久，一拍即合，那多沒有味道。」

「你不要太自信，」徐克說：「人很少有十項全能的，我們倒要等著瞧你苦追的本領呢！」

儘管許多同事都在慫恿，范陵卻好整以暇，並不急乎談情說愛，他不輪值的時候，常帶著小提琴，在外灘的公園一角獨自練練，有時坐在碼頭邊的石欄上，看著輪船來往和滾滾的江潮。

遇上假日，他也會去逛先施公司，到新龍華走走，和同事們開開心心的看戲或是跳舞。他單位裡的人都很看重這個年輕的少尉，他工作盡責，私生活有著詩意的浪漫，而且書卷氣很濃，有好些女孩暗中傾慕他，但他並不放在心上。

有一天，他在外灘公園遇到中學時代的同學寧以峰，寧以峰早知道范陵從軍，也向人打聽過，只說調來南方，沒想卻在上海遇到；對范陵而言，算是意外的驚喜，他根本沒想到在北方中學的同學也會轉到上海來。

「以峰，你怎麼跑到南方來了？」他說。

「你能來，我就不能來嗎？」寧以峰說：「北方戰局轉變，很多人都朝南逃，你沒想到我也學了電訊，跟你同行啊！」

「你也在軍中嗎？」

「不，我在上海電話局，等下我們交換地址和電話，朝後也好保持連絡。」

他們在公園的樹蔭下互談別後的景況。寧以峰還請了范陵去吃館子，兩人都有著萬里他鄉遇故知的歡快。

談到感情方面，寧以峰說他已經訂了婚，未婚妻在周埔一家工廠做職員，寧問及范陵，范陵搖搖頭說：

「我是軍職，工作繁忙，目下戰火蔓延，單身漢沒有牽累，軍中有許多長官，拖家帶眷的，實在苦透了！再說，我也沒碰上中意的，我並不急乎。」

「成家受牽累，人人都想得到，人一旦有了情，硝煙硫火裡，照樣飛出鴛鴦來，」寧以峰說：「你只是沒遇著那種樣的人罷了。」

「也許你說得對，」范陵看看錶說：「抱歉不能多聊，我要回去接班了。」

「咱們改天再談，」寧以峰說：「有空出來找我啊！我去軍營不方便啦！」

范陵遇上那個長髮的女孩，正是他第一次去電話局找寧以峰的時候。

他走在路邊的行人道上，正巧遇著她下電車，和他同一個方向走，行人道旁有一排法國梧桐的行樹，圓大的葉掌迎著太陽，篩下透明的，澄碧的光來。

她穿著綠色的套裝，短袖，較低的圓領，露出一雙粉柔柔的臂膀，和白玉琢成的頸項，她的長髮綰成兩條垂肩的辮子，隨著她看似急促的行姿跳動著。

范陵被她的美懾住了，不由得從側面打量她，她的額、鼻尖和下巴，構成一道勻稱優美的弧線，說多俊俏有多俊俏，她頰邊的酒渦微微旋動著，使她不笑也像笑著的樣子。

世上太美的東西，總有點不真實，為了證實他一霎掠過的意念，他放慢了步子，讓那女孩走在前面；她走路的姿勢好輕盈，有一種極自然的波浪，范陵奇怪自己為什麼要特別注意這個女孩？

來到上海不少日子，也常逛街，滿街的紅男綠女，原本是漠漠流動的風景，也許是她像一組在五線譜上跳動的音符，帶給他一種屬於音樂性的喜愛罷！

范陵原無意再跟著她走下去，但她所去的地方，正是他要去的地方——上海電信局，很顯然的，她就是在那兒上班。

范陵辦了會客的手續，和寧以峰見了面，聊天時，他跟寧以峰提到了這件事，寧以峰說：

「在這裡上班的女職員太多了，尤其是接線部門，我們平常都沒有接觸，到底是什麼樣的女孩子，讓你一見面就難忘啊！」

「這怎麼說呢，感覺是沒辦法形容的。」范陵說：「她像一首詩、一闋音樂！一見到她，我就被迷住了。」

「今天你不值班罷？」

「是啊，」范陵說：「我休假才出來找你的。」

「那好，」寧以峰說：「我替你出個餿主意，我們就在電信局大門那邊等她，她要是在接線部門，她們上的是上午班，九點到下午三點，

我們只要在兩點四十分到門口，挨著數人頭，定會見到她。」

「見著又怎樣呢？」

「我能做的，就是查清楚她的姓名啦，單位啦，住址啦，一些有關的資料，至於怎麼追求她，全都是你的事，我就管不著啦！」

「嘿，你的想法真夠浪漫，夠資格開私家偵探社了！」范陵忍不住的笑了起來。

寧以峰助友心切，態度倒很認真，一切也正如他所料，下午三點，接線部門下班，他們總算見到那個梳長辮子的女孩了。

兩天後，寧以峰打電話給范陵，他告訴他，那女孩叫姚詩潔，家在靜安寺路，她是局裡的接線生，下個月起，她便改上大夜班。

寧以峰最後在電話裡說：「范陵，我這做朋友的，可說把責任盡到了，這朝後，全是你的事啦！」

范陵沒想到寧以峰真是這樣熱切的幫自己的忙，但這事也太突兀了，人常說：萬事起頭難，他和姚詩潔根本互不相識，到底怎麼去認識她才妥當呢？

為這個，他把人都想呆了，卻仍沒想出可行的主意來。他極力試圖冷靜下來認真考量，興起一份自憐和自責，這算是什麼呢？不期然的在路上遇見她，既不算相逢，更不算相識，自己的心神卻被引得紛亂無緒，這簡直是一種迷情的單戀嘛！什麼軒朗、浪漫、瀟灑，全都變成不切實際的裝飾，看樣子，自己業已陷進去，難以自拔了。

輪到他值大夜班，零時之後，這都市沉寂了，暮春時節的江南，夜氣裡也迴盪著那種氣息，讓寂寞也變得分外的撩人，他感覺到窗外有著細細的雨聲，沙沙的，像無數鬼靈般的蟲子咬嚙著他的心，他突然想起，此時此刻，姚詩潔也正坐在總機前面，百無聊賴的聽著夜雨罷？

一霎之間，他做出一個奇怪的決定——迅速的接上直通上海電信局總機的那條線，對方傳來清脆的答話聲：

「上海電信局，請問要接哪裡？」

「我……我想找人。」

「找誰？」

「我找姚詩潔小姐。」

「你找她有事嗎？」

「沒事，只想和她聊聊天。」

喀的一聲，電話掛斷了，很顯然的，他這一招「投石問路」，投得很準，對方正是姚詩潔，在電話裡聽她的聲音，想到她燕子般輕盈的身影，感覺整個的夜晚都生動起來。

他知道這不是一個好的方法，一個陌生男子，午夜無端以電話騷擾，也許真的嚇壞了她，不過在目前他只有這一條路好走，他總得要想法子把崎嶇的小徑拓成平坦的大道。

於是，他又把線接了過去，接線既是她的職務，她就不能不接，「喂，上海電信局。」那是她的聲音。

「我是上海空軍總機，范陵少尉，」范陵一本正經的說：「我找姚詩潔小姐。」

「我就是姚詩潔，」對方說：「我並不認識你。」

「其實也不需要認識，」范陵急忙說：「我們都是呆坐在總機前面值大夜班，一個人坐著沒事幹，總是想打盹睡覺，閒著也是閒著嘛，所以就找個人聊聊天嘍！」

「你怎麼知道我的名字？」對方追問說。

「我這兒有妳們的輪值表，常麻煩妳們接外線，真要謝謝妳們啦！」

「你很無聊，是不是？」對方話音兒充滿揶揄的味道。

「就是嘛，要不是無聊，幹嘛找妳聊呢？」范陵以呆破俏，直截了當的說。

「很不巧，我現在沒空。」她把電話給掛斷了。

他等過了十分鐘，又把線接了過去。

「上海電信局。」對方說。

「現在有空了罷？」范陵說。

「你煩不煩？」對方說：「你想聊什麼，你說啊！」

「不是我煩人，是這雨落得煩人，」范陵說：「林黛玉要是活著，又要披上雨衣，荷鋤去葬花了！我是打北方來的，初到上海，砲聲就跟著來了，離開家鄉，感觸太多，我真的不知道要說些什麼呢！喂，妳在聽嗎？」

「是啊！」對方說：「聽你訴苦咧！」

「訴苦不好，我們換個話題，妳平常下了班，都喜歡做些什麼？」

「也沒有什麼特別，看看書，聽聽音樂，逛逛街，偶爾也會到別處走走。」

只要對方說出一些嗜好來，范陵就不愁沒有話題了，他便談到書和音樂，他在這方面的知識豐廣，談吐也很雅致，這使他一帆風順的過了頭一關。

為了搜集這種夜晚聊天的話題，范陵買了新的記事本：讀書的感想、對音樂的看法、上海流行的服裝、生活的趣味集錦、姻緣的故事、生活上的瑣事……他都仔細的記錄下來，兩個同值大夜班的人，藉著一條電線，每夜都用聊天來打發寂寞。

范陵為人的穩厚，不經意的從談話中顯露出來，使姚詩潔對他產生了好感，有時竟主動的把線接過來，逐漸的，陌生感化除了，她直呼其名叫他范陵，而他就稱她詩潔，彷彿像多年老友一樣。

范陵把這段電話聊天的事，當成他和姚詩潔之間的秘密，連他最要好的同事徐克都不知道，到了五月裡，姚詩潔在電話裡說：

「噯，范陵，我們天天夜晚對著話筒聊天，這麼久了，你長得什麼樣子，我還不知道呢，我們什麼時候見個面，你說好不好？」

「當然好啊，」范陵說：「妳猜我長得什麼樣子？」

「我怎能猜得出來？」

「我卻能猜得出妳的模樣來。」

「真的嗎？你說說看。」

「我說，妳應該是一頭長髮，打兩支長辮子，妳喜歡穿低領的綠色洋裝，穿得像細腰的小蜜蜂。」

「說啊，還有呢？」

「妳的皮膚很柔白，妳的臉美得像磁娃娃，妳走起路來好輕盈，有舞蹈的韻味，嗯，妳說，我猜得怎麼樣？」

「你憑什麼這樣猜呢？」

「我做夢夢見的，」范陵說：「有天早晨，下了班睡覺，我夢見自己搭上一班電車，妳就站在電車的車門口，朝著我笑，我一樂就醒過來了。對啦，妳說，我們在哪兒見面比較好呢？」

「隨便你啊！」

「那就在江邊的黃埔公園罷，」范陵說：「上午十一點，我先在那邊等妳。」

「我不認識你，怎麼見面呢？」

「妳來了之後，我會上去跟妳打招呼的，我的聲音妳總該聽得出來罷？」

對姚詩潔而言，這是讓人心動的約會，她梳理得整整齊齊的趕去赴約，剛走到公園中的水池邊，一個穿著空軍制服的年輕軍官就笑著招呼她說：「嗨，詩潔，我們終於見面啦，我就是范陵。」

姚詩潔仔細的打量著他，他長得非常英挺，笑起來卻帶著幾分稚氣。

「怎麼樣？我跟妳所想的樣子有差別嗎？」范陵說。

「大致上差不多，你比我想像的更好。」姚詩潔輕鬆的說：「記得你第一次直接找我，我差點把你當成神經病呢！」

「有了愛情傾向的男人，總會帶點神經質，」范陵笑說：「我要不是發神經找妳聊天，咱們今天怎會見面？走罷，是吃午飯的時候啦！」

他帶她到一家很雅致的西餐廳，揀了靠窗的座位，點妥了菜，窗外不遠處就是黃埔江的碼頭，船隻不停的來往著。

他溫靜的坐著，緩緩旋動手裡的杯子，偶爾抬眼望著她，雖然微笑著，眼裡卻充滿落寞的神情。

「你在想些什麼？范陵。」姚詩潔說：「你有心事？能不能說來聽聽？」

「我在想，我不知道什麼時候就要離開上海了。」范陵說：「軍人嘛，只要一個命令下來，就得走。這裡很快就要有戰爭了，有時候我在想，在這種兵荒馬亂的時刻認識妳，是不是很妥當？……抱歉，我想得太多了。」

「既然認識了，有什麼妥不妥當呢？」姚詩潔說：「多一個朋友，總是緣分。」

「妳說得對，」范陵說：「人生的機遇，緣分，大都是很偶然的，有的是經人介紹，有的是在某些場合見面認識，比較起來，我們只是奇特一點，其實也沒什麼，誰教我們都搞電信，管總機呢！」

「我們每夜在電話裡聊天，我都覺得好充實，好愉快，感覺上，你好像不是初到這裡，好像是上海通呢！」

「做軍人的，不應該說假話，」范陵挺直了身子說：「我這回跟妳見面，可以說是認罪來的。」

「認罪？你有什麼罪?!」

「老實告訴妳罷，那天早上，我去電信局找我的朋友寧以峰，走在路上，遇著妳下電車，和我同一個方向走，我一見到妳，就看傻了眼，也許套用古老愛情小說裡的話，叫做『驚艷』罷，我看著妳走進電信局，就告訴寧以峰，我們一直等妳下班，悄悄指給他看，託他查妳的資料，然後運用追求的戰術，我和同事故意換班，和妳同時值班，直接接通妳的總機，和妳通話，每晚聊天的內容，我都特別做了設計的。總而言之，我是愛妳，刻意追求妳，妳罵我有心機也罷，說我老謀深算也罷，妳恨我，從此不理我，我也都認啦！」

「沒有那麼嚴重，」姚詩潔笑說：「你別忘記，這次約會，是我先約你的，有一點我弄不懂，過去許多夜晚，你和我聊天，你可從沒表露過一點追我的意思呀？」

「那是『以退為進』的戰法，」范陵說：「追得太猛，往往會把對方嚇跑掉。我當時只是希望藉由那些談話，使妳能充分瞭解我，很自然的循序漸進，到了某種程度，比如現在，我向妳認罪，至少不會嚇壞妳了。」

「你的戰法運用確實很高明。」姚詩潔笑得更爽朗了：「有一點我也不能不告訴你，我早在這個星期之前，已經把你的事跟我父母稟告過了，我說我在很奇怪的情形下，交了一個空軍男友，我父母鼓勵我繼續交下去，這次約會，是我『主動出擊』，我可是『有備而來』的。」

「不得了，」范陵也笑起來：「照妳這麼一說，這可是情場的『正式遭遇戰』啦，我還以為妳陷入我的口袋陣地了呢！」

「哈，你知我爸是幹什麼的？」

「他幹什麼？」

「他是通校的戰術教官，他怎麼形容你，你知道嗎？」姚詩潔伸出手指，點著范陵的鼻尖說：「他說你自以為聰明，其實是自投羅網，你的教官是我爸的學弟，你在校的考績表，全捏在我爸的手上啦！」

「說起考績來，我倒還不臉紅，學術科雙料第一，另外還有品學兼優的字樣。」范陵吐了一口氣說。

「嘿，要不然我會約你嗎？」姚詩潔說：「你若不先一五一十的招供，休想聽到實情，我爸說：他下星期要見你，商議你調職時，怎樣帶我一道離開上海呢！」

「妳是說——結婚？」

「是啊，你說說看還有另外的方法嗎？」

民國卅八年，上海撤守的前幾天，我在大江輪上遇著這對新婚夫婦，他們利用懸吊在甲板一側的救生艇，安放了許多由范陵負責押運的通信器材，艇裡也就成了他們度蜜月的愛巢，當時擠滿撤退官兵的商輪，在風浪中顛簸，大家暈船嘔吐，也缺少飲水和食物，但這對夫妻仍然很快樂，范陵拉著提琴，姚詩潔偶爾哼哼當時流行的曲子，頗有點兒勞軍的鼓舞作用，好事的人問他們結婚的經過，范陵便毫不隱諱的講出這一段緣由來，逗得大夥兒忘了海上航行的艱苦，樂呵呵的笑成一片。

「我爸受傷離開部隊，常怨嘆家裡沒有男孩繼承他的志業。」姚詩潔很大方的剖白說：「當時我心想，我要能做個空軍眷屬，也能讓我爸得到寬慰，就在這時候，一個傻鳥飛來了！」

「傻鳥就是我啦！」范陵說：「我正打算一步步的緊縮包圍圈，誰知一見面，她就來個『中央突破』，一場說來是簡單的婚禮，害得我向單位裡預支三個月的薪餉。」

「傻鳥真的傻嗎？」一個高砲部隊的教官說：「船上有許多人，腰裡圍了上百塊銀洋，也換不到這樣一個漂亮的老婆呢！」

「緣分就是緣分，沒有好解釋的。」另一個說。

荒江野渡（親簽版）

作者：司馬中原
發行人：陳曉林
出版所：風雲時代出版股份有限公司
地址：10576台北市民生東路五段178號7樓之3
電話：(02) 2756-0949
傳真：(02) 2765-3799
執行主編：朱墨菲
美術設計：許惠芳
行銷企劃：林安莉
業務總監：張瑋鳳

初版日期：2020年7月
版權授權：司馬中原
ISBN：978-986-352-846-3
風雲書網：http://www.eastbooks.com.tw
官方部落格：http://eastbooks.pixnet.net/blog
Facebook：http://www.facebook.com/h7560949
E-mail：h7560949@ms15.hinet.net
劃撥帳號：12043291
戶名：風雲時代出版股份有限公司

風雲發行所：33373桃園市龜山區公西村2鄰復興街304巷96號
電話：(03) 318-1378
傳真：(03) 318-1378
法律顧問：永然法律事務所 李永然律師
北辰著作權事務所 蕭雄淋律師

行政院新聞局局版台業字第3595號 營利事業統一編號22759935

定價：350元

國家圖書館出版品預行編目資料

荒江野渡（親簽版）／司馬中原著. -- 初版. -- 臺北市
: 風雲時代, 2020.05 面；公分

ISBN 978-986-352-846-3（親簽版）

863.57 109004121